Alle Rechte, einschließlich das des vollständigen oder
auszugsweisen Nachdrucks in jeglicher Form, sind vorbehalten.

Der Preis dieses Bandes versteht sich einschließlich
der gesetzlichen Mehrwertsteuer.

Umwelthinweis:
Dieses Buch wurde auf chlor- und säurefreiem Papier gedruckt.

Nachtgeflüster 2: Der geheimnisvolle Fremde
Verzweifelt wehrt sich die junge Anwältin Deborah O'Roarke, als sie auf der nächtlichen Straße überfallen wird. Vergeblich! Da tritt lautlos wie ein Schatten ein maskierter Fremder aus dem Dunkel, überwältigt den Angreifer und verschwindet so schnell, wie er gekommen ist. Wer ist dieser geheimnisvolle Mann, zu dem sie sich, obwohl die Begegnung kurz war, so seltsam hingezogen fühlt? Wenig später lernt Deborah auf einer Party den vermögenden Unternehmer und Ex-Cop Gage Guthrie kennen. Auf unerklärliche Weise spürt sie bei ihm dieselbe erotische Anziehungskraft wie bei dem Retter mit der Maske ...

Nora Roberts

Nachtgeflüster 2
Der geheimnisvolle Fremde

Roman

Aus dem Amerikanischen von
M.R. Heinze

MIRA® TASCHENBUCH
Band 25133
1. Auflage: Mai 2005

MIRA® TASCHENBÜCHER
erscheinen in der Cora Verlag GmbH & Co. KG,
Axel-Springer-Platz 1, 20350 Hamburg

Titel der nordamerikanischen Originalausgabe:
Night Shadow
Copyright © 1991 by Nora Roberts
erschienen bei: Silhouette Books, Toronto
Published by arrangement with
Harlequin Enterprises II B.V., Amsterdam

Konzeption/Reihengestaltung: fredeboldpartner.network, Köln
Umschlaggestaltung: pecher und soiron, Köln
Titelabbildung: by GettyImages, München
Autorenfoto: © by Harlequin Enterprise S.A., Schweiz
Satz: D.I.E. Grafikpartner, Köln
Druck und Bindearbeiten: Ebner & Spiegel, Ulm
Printed in Germany
ISBN 3-89941-172-2

www.mira-taschenbuch.de

1. Kapitel

Er durchstreifte die Nacht. Allein. Rastlos. Bereit. In Schwarz gekleidet und maskiert, war er ein Schatten unter Schatten, wie ein Raunen zwischen dem Wispern und Flüstern der Dunkelheit.

Er hielt ständig Ausschau nach denjenigen, die sich die Hilflosen und Verwundbaren als Opfer aussuchten. Unbekannt, ungesehen, unerwünscht, so verfolgte er die Jäger in dem dampfenden Dschungel der Großstadt. Ungehindert bewegte er sich in den finsteren Gegenden, in ausweglosen Einfahrten und gewalttätigen Straßen. Wie Rauch trieb er über hoch aufragende Dachfirste und hinunter in feuchte Keller.

Wenn er gebraucht wurde, brach er wie Donner herein, voller Macht und Wut. Dann gab es nur den Blitz, das sichtbare Echo, das eine elektrische Entladung am Himmel zurückließ.

Sie nannten ihn Nemesis, und er war überall.

Er durchstreifte die Nacht, wich dem Lachen aus, dem fröhlichen Lärm von Feiern. Stattdessen wurde er angezogen von dem Wimmern und den Tränen der Einsamen und von dem hoffnungslosen Flehen der Opfer. Nacht für Nacht kleidete er sich in Schwarz, maskierte sein Gesicht und pirschte durch die wilden dunklen Straßen. Nicht für das Gesetz. Das Gesetz wurde zu leicht von denjenigen manipuliert, die es verachteten. Es wurde oft gebeugt und verdreht von denjenigen, die behaupteten, es hochzuhalten. Er wusste es, oh ja, er wusste es. Und er konnte nicht vergessen.

Wenn er unterwegs war, dann tat er das für die Gerechtigkeit – für die allzu oft blinde Justitia.

Durch Gerechtigkeit konnte es Vergeltung geben und einen Ausgleich der Waagschalen.

Deborah O'Roarke bewegte sich rasch. Sie war immer in Eile, um mit ihren eigenen ehrgeizigen Zielen Schritt zu halten. Jetzt klackten ihre ordentlichen, praktischen Schuhe eilig über die zersprungenen Bürgersteige des East Ends von Urbana. Nicht Angst trieb sie zu ihrem Wagen zurück, obwohl das East End ein gefährliches Gebiet war – besonders bei Nacht – für eine attraktive Frau allein. Es war die Aufregung nach einem Erfolg. In ihrer Eigenschaft als Stellvertretende Staatsanwältin hatte sie soeben ein Gespräch mit einem Zeugen einer jener Schießereien vom fahrenden Auto aus geführt, die zunehmend zu einer Plage in Urbana wurden. Ihre Gedanken beschäftigten sich ausschließlich damit, dass sie in ihr Büro zurückfahren und ihren Bericht schreiben musste, damit die Räder der Justiz sich zu drehen beginnen konnten. Sie glaubte an die Justiz, an ihre einzelnen geduldigen, hartnäckigen und systematischen Schritte. Die Mörder des jungen Rico Mendez würden sich für ihr Verbrechen verantworten müssen. Und mit ein wenig Glück würde sie die Anklage vertreten können.

Vor dem baufälligen Gebäude, in dem Deborah gerade eine Stunde lang hartnäckig zwei verängstigte Jungen nach Informationen ausgequetscht hatte, war die Straße dunkel. Bis auf zwei Straßenlampen waren alle Lampen zerbrochen, und ihre Reste reihten sich nutzlos an dem mit Sprüngen übersäten Bürgersteig entlang. Der Mond lieferte nur gelegentlich etwas Licht. Deborah wusste, dass die Schatten in den engen Hauseingängen Betrunkene oder Drogenhändler oder Prostituierte waren. Mehr als einmal hatte sie sich selbst ins Gedächtnis gerufen, dass sie in einem dieser traurigen, heruntergekommenen Gebäude hätte landen können – wäre da nicht die wilde Entschlossenheit ihrer älteren Schwester gewesen, dafür zu sorgen, dass sie ein gutes Zuhause, eine gute Ausbildung und ein gutes Leben hatte.

Jedes Mal, wenn Deborah einen Fall zur Verhandlung brachte, hatte sie das Gefühl, als würde sie einen Teil dieser Schuld zurückzahlen.

Mit langen, zielstrebigen Schritten trat sie vom Bürgersteig herunter, um in ihren Wagen einzusteigen, als jemand sie von hinten packte.

„Ooh, Baby, du bist ja süß."

Der Mann, zwanzig Zentimeter größer als sie und drahtig wie eine Sprungfeder, stank. Aber nicht nach Fusel. In dem Sekundenbruchteil, den sie brauchte, um in seinen glasigen Augen zu lesen, begriff sie, dass er nicht mit Whisky, sondern mit chemischen Drogen voll gepumpt war, die ihn schnell anstatt träge machten. Mit beiden Händen stieß sie ihren ledernen Aktenkoffer in seinen Unterleib. Er grunzte und lockerte seinen Griff. Deborah riss sich los und rannte, wobei sie hektisch nach ihren Schlüsseln suchte.

Gerade als sich ihre Hand um das klirrende Metall in ihrer Tasche schloss, packte er sie. Seine Finger gruben sich in den Kragen ihrer Jacke. Sie hörte das Leinen reißen und drehte sich entschlossen um. Dann sah sie das Springmesser, die Klinge, die einmal aufblitzte, bevor sie sich gegen ihre weiche Haut unterhalb des Kinn presste.

„Ich hab dich", sagte er und kicherte.

Sie erstarrte, wagte kaum zu atmen. In seinen Augen sah sie eine bösartige Freude, die niemals auf Bitten oder auf Argumente hören würde. Dennoch hielt sie ihre Stimme leise und ruhig.

„Ich habe nur fünfundzwanzig Dollar."

Mit der Messerspitze auf ihrer Haut, beugte er sich vertraulich nieder. „Aber nein, Baby, du hast viel mehr als fünfundzwanzig Dollar." Er schlang ihr Haar um seine Hand und riss einmal fest daran. Als sie aufschrie, zog er sie zu dem noch dunkleren Durchgang. „Na los, schrei." Er kicherte ihr ins Ohr. „Ich mags, wenn ihr schreit. Na los." Er ritzte sie mit der Klinge am Hals. „Schrei!"

Sie tat es, und der Schrei rollte durch die finstere Straße und echote in den Häuserschluchten. Aus den Hauseingängen ertönten ermutigende Zurufe – für den Angreifer. Hinter verdunkelten Fenstern ließen Leute ihre Lichter ausgeschaltet und taten, als hätten sie nichts gehört.

Als er sie gegen die feuchte Mauer des Durchgangs stieß, war Deborah vor Entsetzen zu Eis erstarrt.

Ich werde zu einer Zahl der Statistik, dachte sie dumpf. Nur eine weitere Zahl unter den ständig ansteigenden Opfern.

Langsam und dann mit wachsender Macht begann Wut durch den eisigen Schirm der Angst hindurch zu brennen. Sie wollte sich nicht winden und wimmern. Sie wollte sich nicht ohne Kampf unterwerfen. Erst jetzt spürte sie den scharfen Druck ihrer Schlüssel, die noch in ihrer Hand waren, fest umschlossen von ihrer harten Faust. Sie konzentrierte sich und schob die Spitzen zwischen ihre steifen Finger, sog den Atem ein und versuchte, ihre ganze Kraft in ihren Arm zu legen.

Gerade als sie den Arm heben wollte, schien sich der Angreifer in die Luft zu erheben. Dann flog er mit rudernden Armen gegen eine Reihe eiserner Abfalleimer.

Deborah befahl ihren Beinen zu laufen. So rasant, wie ihr Herz jetzt schlug, war sie sicher, im Handumdrehen in ihrem Wagen sein zu können, die Türen verschlossen, der Motor am Laufen. Doch dann sah sie ihn.

Er war schwarz gekleidet, ein langer, schlanker Schatten zwischen Schatten. Er stand über dem messerschwingenden Junkie, die Beine gespreizt, der Körper angespannt.

„Bleiben Sie weg", befahl er, als sie automatisch einen Schritt vorwärts tat. Seine Stimme war teils ein Flüstern, teils ein Grollen.

„Ich denke ..."

„Denken Sie nicht", fauchte er, ohne sie eines Blickes zu würdigen.

Noch während sie sich über seinen Ton ärgerte, sprang der Junkie heulend auf und ließ sein Messer einen tödlichen Bogen beschreiben. Vor Deborahs benommenen und fasziniert Augen blitzte eine Bewegung, gefolgt von einem Schmerzensschrei und dem Klappern des Messers, das auf dem Beton davonschlidderte.

Schneller, als man Atem holen kann, stand der Mann in Schwarz wie zuvor da. Der Junkie lag auf den Knien und hielt sich stöhnend den Magen.

„Das war ..." Deborah suchte in ihren durcheinanderwirbelnden Gedanken nach einem Wort. „... beeindruckend. Ich ... ich schlage vor, dass wir die Polizei rufen."

Er ignorierte sie weiterhin, während er aus seiner Tasche einen Plastikstrick holte und dem noch immer stöhnenden Junkie Hände und Füße zusammenband. Er hob das Messer auf, drückte einen Knopf. Die Klinge verschwand fast lautlos. Erst dann drehte er sich zu ihr um.

Die Tränen trockneten bereits auf ihren Wangen, bemerkte er. Und obwohl ihr Atem leicht stockte, schien sie nicht in Ohnmacht zu fallen oder hysterisch zu werden. Er konnte nicht anders, als ihre Ruhe zu bewundern.

Sie war außerordentlich schön, stellte er leidenschaftslos fest. Ihre Haut hob sich hell wie Elfenbein von einer zerzausten Wolke pechschwarzer Haare ab. Ihre Züge waren weich, zart, fast zerbrechlich. Es sei denn, man sah ihr in die Augen. Darin fand man eine Härte, eine Entschlossenheit, die der Tatsache widersprach, dass ihr schlanker Körper als Reaktion auf die Ereignisse zitterte.

Ihre Jacke war zerrissen, und ihre Bluse war aufgeschnitten worden und enthüllte eisblaue Spitze und die Seide eines Unterkleides. Ein interessanter Kontrast zu dem schlichten, fast maskulinen Businesskostüm.

Er taxierte sie nicht wie ein Mann eine Frau, sondern wie er es mit den unzähligen anderen Opfern unzähliger Jäger getan hatte. Die unerwartete und sehr natürliche Reaktion, die er verspürte, irritierte ihn. So etwas war viel gefährlicher als jedes Springmesser.

„Sind Sie verletzt?" Seine Stimme war leise und emotionslos, und er hielt sich im Schatten.

„Nein. Nein, eigentlich nicht." Es würde eine Menge wunder Stellen geben, sowohl auf ihrer Haut als auch auf ihrer Seele, aber darum wollte sie sich später kümmern. „Nur ein wenig verstört. Ich wollte Ihnen danken, dass ..." Während sie sprach, war sie näher an ihn herangegangen. In dem schwachen Widerschein der Straßenbeleuchtung sah sie, dass sein Gesicht maskiert war. Als ihre Augen sich weiteten, erkannte er, dass sie blau waren. Ein elektrisierend leuchtendes Blau. „Nemesis", murmelte sie. „Ich dachte, Sie wären nur das Produkt einer überdrehten Fantasie."

„Ich bin so real wie er." Mit einem Kopfnicken deutete er auf die zwischen den Abfällen stöhnende Gestalt. An ihrer Kehle entdeckte er einen dünnen Blutfaden. Aus Gründen, die zu verstehen er gar nicht versuchte, machte es ihn wütend. „Was sind Sie bloß für eine Närrin?"

„Wie bitte?"

„Das ist hier die Kloake der Stadt. Sie gehören nicht hierher. Niemand mit etwas Verstand kommt hierher, sofern er keine andere Wahl hat."

Ihr Temperament drohte mit ihr durchzugehen, doch sie hielt es unter Kontrolle. Immerhin hatte er ihr geholfen. „Ich hatte hier etwas zu erledigen."

„Nein", verbesserte er sie. „Sie haben hier nichts zu erledigen, es sei denn, Sie wollen in einer Toreinfahrt vergewaltigt und ermordet werden."

„Das wollte ich absolut nicht." Während ihre

Empfindungen sich verdüsterten, trat der Südstaatenakzent in ihrer Stimme stärker hervor. „Ich kann auf mich selbst aufpassen."

Sein Blick senkte sich auf ihre zerschnittene Bluse und kehrte zu ihrem Gesicht zurück. „Offensichtlich."

Sie konnte die Farbe seiner Augen nicht erkennen. In dem trüben Licht wirkten sie schwarz. Aber sie erkannte die Zurückweisung in ihnen und die Arroganz.

„Ich habe mich schon für Ihre Hilfe bedankt, obwohl ich keine Hilfe brauchte. Ich war gerade dabei, diesen schleimigen Kerl selbst zu erledigen."

„Wirklich?"

„Wirklich. Ich wollte ihm die Augen auskratzen." Sie hielt ihre Schlüssel hoch, die wie tödliche Spitzen nach außen ragten. „Damit."

Er betrachtete sie erneut und nickte langsam. „Ja, ich glaube, dazu wären Sie imstande."

„Verdammt richtig!"

„Dann scheine ich meine Zeit verschwendet zu haben." Er zog ein schwarzes Stück Stoff aus der Tasche. Nachdem er das Messer darin eingewickelt hatte, reichte er es ihr. „Sie werden das als Beweis brauchen."

In dem Moment, wo sie das Messer berührte,

erinnerte sie sich an das Entsetzen und die Hilflosigkeit. Mit einer leisen Verwünschung unterdrückte sie ihren Ärger. Wer immer er war, was immer er war, er hatte sein Leben riskiert, um ihr zu helfen. „Ich bin Ihnen dankbar."

„Ich suche keine Dankbarkeit."

Sie hob das Kinn. „Was denn?"

Er sah sie an, sah in sie hinein. Etwas trat in seine Augen und schwand wieder, etwas, das wieder einen eisigen Schauer über ihre Haut jagte, als sie seine Antwort hörte. „Gerechtigkeit."

„Das ist nicht der richtige Weg", setzte sie an.

„Das ist mein Weg. Wollten Sie nicht die Polizei rufen?"

„Ja." Sie presste die Hand gegen ihre Schläfe. Sie war etwas benommen, und ihr war mehr als nur ein wenig übel. Das war eindeutig nicht der richtige Zeitpunkt, um mit einem kampflüsternen maskierten Mann über Moral und Arbeitsweise der Justiz zu diskutieren. „Ich habe ein Telefon im Auto."

„Dann schlage ich vor, dass Sie es benützen."

„In Ordnung." Sie war zu müde, um zu widersprechen. Fröstelnd verließ sie die Einfahrt, hob ihren Aktenkoffer auf und verstaute erleichtert das Springmesser darin.

Nachdem sie 911 gerufen und ihren Standort und die Lage geschildert hatte, kehrte sie zu der Einfahrt zurück.

„Sie schicken einen Streifenwagen." Erschöpft strich sie das Haar aus ihrem Gesicht. Sie sah den Junkie an, der sich auf dem Beton eng zusammengerollt hatte. Seine Augen waren groß und wild. Nemesis hatte ihn mit dem Versprechen zurückgelassen, was mit ihm passieren würde, sollte er noch einmal beim Versuch einer Vergewaltigung erwischt werden.

Selbst durch den Drogennebel hindurch hatten die Worte wahr geklungen.

„Hallo?" Mit einem verwirrten Stirnrunzeln sah sie sich in der Einfahrt um.

Er war verschwunden.

„Verdammt, wo ist er hin?" Sie atmete tief aus und lehnte sich gegen die feuchte Mauer. Sie war noch nicht mit ihm fertig, noch lange nicht.

Er war ihr so nahe, dass er sie fast berühren konnte, aber sie bemerkte ihn nicht. Das war seine besondere Fähigkeit, die Wiedergutmachung für verlorene Tage.

Er streckte nicht die Hand aus und fragte sich, warum er das überhaupt wollte. Er beobachtete sie bloß und prägte sich die Form ihres Gesichts ein, ihre Haut, die Farbe und den Schimmer ihres Haars, wie es sich sanft um ihren Kopf schmiegte.

Wäre er ein romantischer Mann gewesen, hätte er in Begriffen der Poesie oder Musik gedacht. So aber sagte er sich, dass er nur abwartete, um darauf zu achten, dass sie in Sicherheit war.

Als die Sirene die Nacht durchschnitt, sah er, wie sie eine Maske der Beherrschung wiederherstellte, Schicht um Schicht. Sie tat tiefe beruhigende Atemzüge, während sie ihre ruinierte Jacke über der zerschnittenen Bluse zuknöpfte. Mit einem letzten Atemzug verstärkte sie ihren Griff an dem Aktenkoffer, reckte ihr Kinn hoch und ging mit selbstsicheren Schritten zu der Mündung der Einfahrt.

Während er allein zurückblieb, fing er den subtil erotischen Duft ihres Parfüms auf.

Zum ersten Mal seit vier Jahren verspürte er den süßen und stillen Schmerz des Verlangens.

Deborah fühlte sich gar nicht für eine Party in Stimmung. In ihrer Fantasie war sie nicht in einem trägerlosen roten Kleid mit Korsett herausgeputzt, das sie in der Taille zwickte. Sie trug keine kneifenden Schuhe mit acht Zentimeter hohen Absätzen.

Und sie lächelte nicht, bis sie meinte, ihr Gesicht würde in der Mitte auseinander reißen.

Es war immerhin eine Party, die von Arlo Stuart gegeben wurde, dem Hotelmagnaten, und zwar als Wahlkampfparty für Tucker Fields, den Bürgermeister von Urbana. Es war Stuarts Hoffnung und die der gegenwärtigen Verwaltung, dass der Wahlkampf im November mit der Wiederwahl des Bürgermeisters enden würde.

„Himmel, du siehst großartig aus." Jerry Bower, schlank und attraktiv in seinem Smoking, sein blondes Haar in Wellen um sein gebräuntes, freundliches Gesicht gelegt, blieb neben Deborah stehen, um ihr einen raschen Kuss auf die Wange zu drücken. „Tut mir Leid, dass ich keine Zeit zum Reden hatte. Ich musste so viele Leute begrüßen und mit ihnen sprechen."

„Immer viel zu tun für die rechte Hand des Big Boss." Sie lächelte und prostete ihm zu. „Eine wirklich schöne Fete."

„Stuart hat alle Reserven mobilisiert." Mit dem Auge eines Politikers betrachtete er die Menge. Die Mischung aus Reichen, Berühmten und Einflussreichen gefiel ihm. Es gab natürlich auch andere Aspekte des Wahlkampfes. Sich zeigen, Kontaktaufnahme mit Geschäftseigentümern, Fabrikarbeitern – die blauen, die grauen und die weißen Kragen, Pressekonferenzen, Reden, Erklärungen. Doch Jerry fand, wenn er einen kleinen Abschnitt eines Achtzehnstundentages damit verbringen konnte, sich an seidenen Ellbogen zu reiben und Kanapees zu naschen, dann konnte er auch das Beste daraus machen.

„Ich bin gebührend beeindruckt", versicherte Deborah.

„Schön, aber es ist deine Stimme, die wir wollen."

„Ihr könnt sie bekommen."

„Wie fühlst du dich?" Er ergriff die Gelegenheit und begann, einen Teller mit Horsd'œuvres zu füllen.

„Gut." Sie blickte lässig auf die verblassende Prellung an ihrem Unterarm. Andere, farbige Male waren unter dem roten Seidenkleid verborgen.

„Wirklich?"

Sie lächelte erneut. „Wirklich. Es war eine Erfahrung, die ich nicht wiederholen möchte, aber es hat mir klar gemacht, absolut klar gemacht, dass wir noch viel Arbeit vor uns haben, bevor die Straßen von Urbana sicher sind."

„Du hättest nicht da draußen sein sollen", murmelte Jerry.

Er hätte genauso gut einer Seifenkiste unter ihren Füßen einen Stoß versetzen können. Ihre Augen flammten auf, ihre Wangen röteten sich, und sie reckte ihr Kinn vor. „Warum? Warum sollte es eine Stelle geben, irgendeine Stelle in der Stadt, in der man sich nicht sicher bewegen kann? Sollen wir denn einfach die Tatsache hinnehmen, dass es Teile von Urbana gibt, in denen sich anständige Menschen nicht zeigen dürfen? Wenn wir ..."

„Warte, warte!" Er hob ergeben eine Hand. „Die einzige Person, die man in der Politik nicht mühelos niederreden kann, ist ein Jurist. Ich stimme ja mit dir überein, in Ordnung?" Er schnappte sich ein Glas Wein von einem vorbeieilenden Kellner und erinnerte sich, dass es sein einziges während des langen Abends sein könnte. „Ich habe eine Tatsache festgestellt. Das macht es nicht richtig, aber wahr."

„Es sollte nicht wahr sein." Ihre Augen hatten sich aus Ärger und Frustration verdunkelt.

„Der Bürgermeister hat eine harte Kampagne gegen das Verbrechertum gestartet", erinnerte Jerry sie und nickte lächelnd vorbeischlendernden Wählern zu. „Niemand in dieser Stadt kennt die Statistiken besser als ich. Sie sind hässlich, kein

Zweifel, aber wir werden sie senken. Es dauert nur seine Zeit."

„Ja." Seufzend holte sie sich vom Rand des Streits zurück, den sie mit Jerry öfter ausgefochten hatte, als sie zählen konnte. „Aber es dauert zu lange."

In den nächsten Minuten schlang Deborah Kanapees hinunter und ordnete Namensschilder samt genauerer Einstufung den Gesichtern zu, die den ROYAL STUART-Ballsaal bevölkerten. Jerrys kluge und prägnante Kommentare ließen sie leise lachen. Als sie einen Rundgang durch die Menge begannen, hakte sie sich lässig bei ihm unter. Es war ein Zufall, dass sie den Kopf wandte und sich in diesem Meer von Menschen auf ein einzelnes Gesicht konzentrierte.

Der Mann stand in einer Gruppe von fünf oder sechs Personen, wobei ihm zwei schöne Frauen förmlich an den Armen hingen. Attraktiv, ja, dachte Deborah. Doch der Saal war voll von attraktiven Männern. Sein dichtes, dunkles Haar umrahmte ein schmales, etwas durchgeistigtes Gesicht. Ausgebildete Knochenstruktur, tief liegende Augen – braune Augen, erkannte sie, dunkel wie Schokolade. Im Moment blickten sie leicht gelangweilt drein. Sein Mund war voll und verzog sich soeben in der leichten Andeutung eines Lächelns.

Er trug einen Smoking, als wäre er in einem geboren worden. Leicht, lässig. Mit einem Finger strich er eine feurige Locke von der Wange der Rothaarigen, als sie sich näher zu ihm herunterbeugte. Sein Lächeln vertiefte sich bei etwas, das sie sagte.

Und dann, ohne den Kopf zu drehen, ließ er seinen Blick wandern und blieb an Deborah hängen.

„Jerry, wer ist das? Dort drüben. Mit der Rothaarigen auf der einen Seite und der Blondine auf der anderen."

Jerry warf einen Blick hinüber, verzog das Gesicht und zuckte die Schultern. „Überrascht mich, dass er nicht auch noch eine Brünette auf den Schultern sitzen hat. Frauen pflegen an ihm zu kleben, als würde er anstelle eines Smokings Fliegenpapier tragen."

Sie brauchte nicht gesagt zu bekommen, was sie mit eigenen Augen sah. „Wer ist das?"

„Guthrie, Gage Guthrie."

Ihre Augen zogen sich ein wenig zusammen, während sie die Lippen spitzte. „Wieso klingt der Name bekannt?"

„Der Gesellschaftsteil der WORLD ist damit täglich buchstäblich zugekleistert."

„Ich lese den Gesellschaftsteil nicht." Sie war sich dessen wohl bewusst, dass es unhöflich war, trotzdem starrte Deborah hartnäckig auf den Mann auf der anderen Seite des Saals. „Ich kenne ihn", murmelte sie. „Ich kann ihn nur nicht unterbringen."

„Du hast wahrscheinlich seine Geschichte gehört. Er war ein Cop."

„Ein Cop." Deborahs Augenbrauen hoben sich überrascht. Er fühlte sich viel zu wohl, wirkte viel zu sehr wie ein Teil der reichen und privilegierten Umgebung, um ein Cop zu sein.

„Offenbar ein guter Cop, genau hier in Urbana. Vor ein paar Jahren gerieten er und sein Partner in Schwierigkeiten. Große Schwierigkeiten. Sein Partner wurde getötet. Guthrie wurde für tot gehalten und liegen gelassen."

Ihr Gedächtnis fand sein Ziel. „Jetzt erinnere ich mich. Ich habe seine Geschichte verfolgt. Lieber Himmel, er lag im Koma etwa …"

„Neun oder zehn Monate", ergänzte Jerry. „Sie hatten ihn an lebenserhaltende Geräte angeschlossen, und als sie ihn schon aufgeben wollten, öffnete er die Augen und kam ins Leben zurück. Er konnte keinen Außendienst mehr ausüben, und einen Schreibtischposten im Urbana Police Department hat er abgelehnt. Er hatte eine fette Erbschaft gemacht, während er im Koma lag. Man könnte sagen, er hat das Geld genommen und die Fliege gemacht."

Es kann nicht genug gewesen sein, dachte sie. Keine Geldsumme konnte genug gewesen sein. „Es muss schrecklich gewesen sein. Er hat fast ein Jahr seines Lebens verloren."

Jerry suchte in dem schwindenden Angebot auf seinem Teller nach etwas Interessantem. „Er hat die verlorene Zeit nachgeholt. Frauen finden ihn offenbar unwiderstehlich. Natürlich kann das etwas damit zu tun haben, dass er eine Dreimillionen-Dollar-Erbschaft in dreißig verwandelt hat." An einer würzigen Krabbe knabbernd, beobachtete Jerry, wie Gage Guthrie sich von der Gruppe löste und in ihre Richtung kam. „So, so", sagte er leise. „Sieht so aus, als wäre das Interesse gegenseitig."

Gage war sich ihrer von dem Moment an bewusst gewesen, in dem sie den Ballsaal betreten hatte. Er hatte geduldig beobachtet, wie sie sich unter die Leute mischte und sich dann zurückzog. Er hatte eine gesellige Unterhaltung weitergeführt, obwohl er sich vollständig und unbehaglich jeder ihrer Bewegungen bewusst gewesen war. Er hatte gesehen, wie sie Jerry zulächelte, hatte beobachtet, wie Jerry sie geküsst und vertraulich mit der Hand ihre Schulter berührt hatte.

Er wollte herausfinden, welche Beziehung zwischen den beiden bestand.

Obwohl das gar keine Rolle spielte. Keine Rolle spielen konnte, verbesserte er sich. Gage hatte keine Zeit für sinnliche Schwarzhaarige mit intelligenten Augen. Dennoch ging er unaufhaltsam auf sie zu.

„Jerry." Gage lächelte. „Schön, Sie wiederzusehen."

„Das Vergnügen ist ganz meinerseits, Mr. Guthrie. Unterhalten Sie sich gut?"

„Natürlich." Sein Blick wanderte von Jerry zu Deborah. „Hallo."

Aus irgendeinem lächerlichen Grund schnürte sich ihr die Kehle zu.

„Deborah, darf ich dir Gage Guthrie vorstellen? Und das ist die Stellvertretende Staatsanwältin Deborah O'Roarke."

„Eine Stellvertretende Staatsanwältin." Gages Lächeln strahlte charmant. „Es ist beruhigend zu wissen, dass die Gerechtigkeit in so schönen Händen liegt."

„In tüchtigen Händen", entgegnete sie. „Ich bevorzuge ‚tüchtig'."

„Natürlich." Obwohl sie ihm nicht die Hand reichte, ergriff er sie und hielt sie für ein paar kurze Sekunden fest.

Pass auf! Die Warnung zuckte durch Deborahs Gedanken in dem Moment, in dem ihre Hände sich berührten.

„Wenn ich mich entschuldigen darf." Jerry legte erneut die Hand auf Deborahs Schulter. „Der Bürgermeister gibt mir Zeichen."

„Sicher." Sie brachte für ihn ein Lächeln zustande, obwohl sie zu ihrer Schande eingestehen musste, dass sie ihn bereits vergessen hatte.

„Sie sind noch nicht lange in Urbana", bemerkte Gage.

Trotz ihres Unbehagens blickte Deborah ihm direkt in die Augen. „Ungefähr anderthalb Jahre. Warum?"

„Weil ich das gewusst hätte."

„Wirklich? Führen Sie Buch über alle Stellvertretenden Staatsanwälte?"

„Nein." Er strich mit einem Finger über den Perlenanhänger an ihrem Ohr. „Nur über die schönen." Das blitzartige Misstrauen in ihren Augen amüsierte ihn. „Möchten Sie tanzen?"

„Nein." Sie stieß einen langen, ruhigen Atemzug aus. „Nein, danke. Ich kann wirklich nicht länger bleiben, ich muss arbeiten."

Er sah auf seine Uhr. „Es ist schon nach zehn."

„Das Gesetz hat keine Stechuhr, Mr. Guthrie."

„Gage. Ich fahre Sie."

„Nein." Eine rasche und unvernünftige Panik stieg bis zu ihrer Kehle hoch. „Nein, das ist nicht nötig."

„Wenn es nicht nötig ist, dann muss es ein Vergnügen sein."

Er war glatt, viel zu glatt für einen Mann, der gerade eine Blondine und eine Rothaarige abgeschüttelt hatte. Deborah hatte keine Lust, das Trio abzurunden.

„Ich möchte Sie nicht von der Party losreißen."

„Ich bleibe nie lange auf Partys."

„Gage." Die Rothaarige schwebte mit feuchtem Schmollmund heran, um ihn am Arm zu ziehen. „Honey, du hast nicht mit mir getanzt. Kein einziges Mal."

Deborah nutzte die Gelegenheit, um schnurstracks den Ausgang anzusteuern.

Es war albern, das räumte sie ein, aber ihre inneren Systeme hatten verrückt gespielt bei dem Gedanken, mit ihm in einem Wagen allein zu sein. Purer Instinkt, vermutete sie, denn an der Oberfläche war Gage Guthrie ein glatter, charmanter und ansprechender Mann. Doch sie fühlte etwas. Strömungen. Dunkle, gefährliche Strömungen. Deborah fand, dass sie sich schon mit genug Problemen herumschlagen musste. Sie brauchte nicht auch noch Gage Guthrie auf die Liste zu setzen.

Sie trat in die schwüle Sommernacht hinaus.

„Soll ich Ihnen ein Taxi rufen, Miss?" fragte der Portier.

„Nein." Gage legte seine feste Hand an ihren Ellbogen. „Danke."

„Mr. Guthrie ...", setzte sie an.

„Gage. Mein Wagen steht gleich hier, Miss O'Roarke." Er deutete auf eine lange Limousine in schimmerndem Schwarz.

„Ein schöner Wagen", stieß sie zwischen zusammengebissenen Zähnen hervor, „aber ein Taxi reicht völlig für meine Bedürfnisse."

„Aber nicht für meine." Er nickte dem großen, massigen Mann zu, der vom Fahrersitz glitt, um die hintere Tür zu öffnen. „Die Straßen sind nachts gefährlich. Ich möchte ganz einfach wissen, dass

Sie dort, wohin Sie wollten, sicher angekommen sind."

Sie trat zurück und betrachtete ihn lange und eingehend, wie sie das Polizeifoto eines Verdächtigen betrachten würde. Er wirkte jetzt mit diesem halben Lächeln um seinen Mund nicht mehr so gefährlich. Sie fand sogar, dass er ein wenig traurig aussah. Ein wenig einsam.

Sie wandte sich zu der Limousine. Um nicht zu sanft zu werden, schoss sie einen Blick über ihre Schulter. „Hat Ihnen schon einmal jemand gesagt, dass Sie hartnäckig sind, Mr. Guthrie?"

„Oft, Miss O'Roarke."

Er setzte sich neben sie und überreichte ihr eine einzelne langstielige rote Rose.

„Sie haben sich gut vorbereitet", murmelte sie und fragte sich, ob die Blume auf die Blondine oder die Rothaarige gewartet hatte.

„Ich bemühe mich. Wohin möchten Sie fahren?"

„Direkt zum Justizgebäude. Das ist auf der Sechsten ..."

„Ich weiß, wo das ist." Gage drückte einen Knopf, und die Glasscheibe, die sie von dem Fahrer trennte, öffnete sich lautlos. „Zum Justizgebäude, Frank."

„Ja, Sir." Die Scheibe schloss sich wieder, spann sie in einen Kokon ein.

„Wir haben früher auf derselben Seite gearbeitet", bemerkte Deborah.

„Welche Seite ist das?"

„Das Gesetz."

Er wandte sich ihr zu, und seine Augen waren dunkel, fast hypnotisch und brachten sie dazu, sich zu fragen, was er gesehen hatte, als er all diese Monate in jener seltsamen Welt des Halb-am-Leben-Seins dahingetrieben war. Oder des Halb-tot-Seins.

„Sie verteidigen das Gesetz?"

„Das möchte ich doch meinen."

„Trotzdem wären Sie nicht abgeneigt, auf einen Handel einzugehen und Anklagen zurückzunehmen."

„Das System ist überlastet", sagte sie abwehrend.

„Oh ja, das System." Mit einer leichten Bewegung seiner Schultern schien er das alles abzutun. „Woher kommen Sie?"

„Denver."

„Nein, Sie haben nicht diese Zypressen und Magnolienblüten in ihrer Stimme aus Denver."

„Ich wurde in Georgia geboren, aber meine Schwester und ich sind ziemlich herumgekommen.

In Denver habe ich gelebt, bevor ich in den Osten nach Urbana zog."

Ihre Schwester, registrierte er. Nicht ihre Eltern, nicht ihre Familie, bloß ihre Schwester. Er drängte nicht weiter. Noch nicht. „Warum sind Sie hierher gekommen?"

„Weil es eine Herausforderung war. Ich wollte all diese Jahre meines Studiums gut einsetzen. Ich möchte daran glauben, dass ich etwas bewirken kann." Sie dachte an den Mendez-Fall und an die vier Gangmitglieder, die verhaftet worden waren und jetzt auf ihren Prozess warteten. „Ich habe etwas bewirkt."

„Sie sind Idealistin."

„Vielleicht. Was ist daran falsch?"

„Idealisten werden oft tragisch enttäuscht." Er betrachtete sie einen Moment schweigend. Die Straßenlampen und die Scheinwerfer des entgegenkommenden Verkehrs schnitten in den Wagen und entschwanden. Schnitten herein und entschwanden. Wieder und wieder. Sie war schön, sowohl im Licht als auch im Schatten. Mehr als schön. In ihren Augen schimmerte eine Macht. Jene Macht, die aus der Verschmelzung von Intelligenz und Entschlossenheit stammt.

„Ich möchte Sie vor Gericht sehen", sagte er.

Ihr Lächeln fügte der Macht und der Schönheit noch ein Element hinzu. Ehrgeiz. Es war eine sagenhafte Kombination.

„Ich bin ein Killer."

„Darauf möchte ich wetten."

Er wollte sie berühren, nur mit einer Fingerspitze über diese schönen weißen Schultern streichen. Er fragte sich, ob das genug wäre, nur eine Berührung. Weil er fürchtete, es könnte nicht genug sein, widerstand er. Mit Erleichterung und Frustration fühlte er die Limousine an den Straßenrand gleiten und halten.

Deborah drehte sich und blickte aus dem Fenster auf das alte, hoch aufragende Justizgebäude. „Das war schnell", murmelte sie, verblüfft über ihre eigene Enttäuschung. „Danke für die Fahrt." Als der Fahrer ihr die Tür öffnete, schwang sie die Beine ins Freie.

„Ich werde Sie wiedersehen."

Zum zweiten Mal blickte sie ihn über die Schulter an. „Vielleicht. Gute Nacht."

Er saß einen Moment in dem weichen Sitz, von ihrem Duft verfolgt, den sie zurückgelassen hatte.

„Nach Hause?" fragte der Fahrer.

„Nein." Gage holte tief und beruhigend Luft. „Bleiben Sie hier und bringen Sie sie nach Hause, wenn sie fertig ist. Ich brauche jetzt einen Spaziergang."

2. Kapitel

Wie ein Boxer, der von zu vielen Schlägen benommen war, kämpfte Gage sich aus dem Albtraum. Er tauchte an die Oberfläche, atemlos und schweißgebadet. Als die mahlende Übelkeit nachließ, legte er sich zurück und starrte an die verzierte Decke seines Schlafzimmers.

Fünfhundertdreiundzwanzig Rosetten waren in den Stuck geschnitten. Er hatte sie Tag für Tag während seiner langsamen und mühsamen Wiederherstellung gezählt. Fast wie bei einer Beschwörung, so begann er sie erneut zu zählen, und wartete darauf, dass sein Pulsschlag sich beruhigte.

Die Laken aus irischem Leinen waren zerwühlt und schlangen sich feucht um ihn, aber er blieb absolut still liegen und zählte. Fünfundzwanzig, sechsundzwanzig, siebenundzwanzig. Ein leichter würziger Duft von Nelken hing im Raum. Eines der Hausmädchen hatte den Nelkenstrauß auf das Rollladenpult unter dem Fenster gestellt. Während er weiterzählte, versuchte er zu erraten, welche Vase das Mädchen genommen hatte. Waterford, Dresden, Wedgwood. Er konzentrierte sich darauf und auf das monotone Zählen, bis er fühlte, wie sich sein Kreislauf stabilisierte.

Er wusste nie vorher, wann der Traum wiederkehrte. Er sollte wohl dankbar sein, dass er nicht mehr jede Nacht kam, aber diesen sporadischen Heimsuchungen haftete etwas noch Schrecklicheres an.

Ruhiger geworden, drückte er den Knopf neben dem Bett. Die Vorhänge an dem breiten Bogenfenster glitten auf und ließen das Licht herein. Sorgfältig spannte er die Muskeln, einen nach dem anderen, um sich davon zu überzeugen, dass er noch immer die Kontrolle über seine Glieder hatte.

Wie ein Mann, der seine eigenen Dämonen jagte, ließ er den Traum noch einmal an sich vorbeiziehen. Wie stets tauchte der Traum kristallklar in seinen Gedanken auf und bezog alle seine Sinne mit ein:

Sie arbeiteten verdeckt, Gage und sein Partner Jack McDowell. Nach fünf Jahren waren sie mehr als Partner. Sie waren Brüder. Jeder hatte sein Leben riskiert, um das des anderen zu retten. Und jeder würde es ohne Zögern wieder tun. Sie arbeiteten zusammen, tranken zusammen, gingen zu Sportveranstaltungen, diskutierten über Politik.

Seit mehr als einem Jahr traten sie unter den Namen Demerez und Gates auf und gaben sich als zwei bedeutende Dealer für Kokain und dessen noch tödlichere Weiterentwicklung Crack aus. Mit Geduld und List hatten sie eines der größten Drogenkartelle an der Ostküste infiltriert. Urbana war dessen Zentrum.

Sie hätten ein Dutzend Verhaftungen durchführen können, aber sie – und das Department – stimmten überein, dass der Mann an der Spitze ihr Ziel war.

Sein Name und sein Gesicht blieben ein frustrierendes Rätsel.

Doch an diesem Abend sollten sie ihn kennen lernen. Peinlichst genau war ein Deal ausgehandelt worden. Demerez und Gates trugen fünf Millionen in bar in ihrem stahlverstärkten Aktenkoffer bei sich. Sie sollten das Geld gegen Spitzenkokain eintauschen. Und sie wollten nur mit dem Mann verhandeln, der das Sagen hatte.

Sie fuhren in dem Maserati Spezialanfertigung, auf den Jack so stolz war, zum Hafen. Bei zwei Dutzend Mann als Rückendeckung und ihrer eigenen soliden Tarnung war ihre Stimmung bestens.

Jack war ein schnell denkender, in seiner Ausdrucksweise rauer Cop-Veteran. Er hing an seiner Familie. Er hatte eine hübsche stille Frau und einen kleinen Teufel als Sohn, der gerade laufen lernte. Mit seinen braunen Haaren, die er glatt zurückgekämmt trug, den mit Ringen übersäten Händen und dem faltenlos sitzenden Seidenanzug entsprach er exakt seiner Rolle als reicher, gewissenloser Dealer.

Es gab eine Menge Gegensätze zwischen den beiden Partnern. Jack stammte aus einer langen Linie von Cops und war von seiner geschiedenen Mutter in einem Apartment auf der dritten Etage eines Hauses ohne Aufzug im East End großgezogen worden. Es hatte gelegentliche Besuche von seinem Vater gegeben, einem Mann, der genauso oft zur Flasche wie zu seiner Waffe griff. Jack war direkt nach der High School zur Polizei gegangen.

Gage stammte aus einer Familie von Geschäftsleuten, bestehend aus erfolgreichen Männern, die in Palm Beach Urlaub machten und im Country Club Golf spielten. Seine Eltern hatten nach dem Lebensstandard eher der arbeitenden Klasse nahe gestanden, weil sie es vorzogen, ihr Geld, ihre Zeit und ihre Träume in ein kleines, elegantes französisches Restaurant auf der oberen East Side zu investieren. Dieser Traum hatte sie letztlich getötet.

Nachdem sie das Restaurant spät in einer rauen Herbstnacht geschlossen hatten, waren sie beraubt und brutal ermordet worden, keine drei Meter vom Eingang entfernt.

Schon vor seinem zweiten Geburtstag verwaist, war Gage in Stil und Luxus von einem hingebungsvollen Onkel und einer in ihn vernarrten Tante großgezogen worden. Er spielte Tennis anstatt Straßen-Basketball, und er war ermutigt worden, in die Fußstapfen des Bruders seines verstorbenen Vaters zu treten, und zwar als Präsident des Guthrie-Imperiums.

Doch er hatte nie die Grausamkeit und Ungerechtigkeit der Ermordung seiner Eltern vergessen. Daher war er direkt nach dem College zur Polizei gegangen.

Trotz der Gegensätze in ihrer Herkunft hatten die beiden Männer eine lebenswichtige Sache gemeinsam – sie glaubten beide an das Gesetz.

„Heute Nacht kriegen wir ihn", sagte Jack und nahm einen tiefen Zug an seiner Zigarette.

„Hat lange genug gedauert", murmelte Gage.

„Sechs Monate Vorbereitungsarbeit, achtzehn Monate strengst getarnte Untergrundarbeit. Zwei Jahre sind nicht zu viel, um diesen Bastard festzunageln." Er wandte sich blinzelnd an Gage. „Natürlich könnten wir auch die fünf Millionen nehmen und wie die Teufel rennen. Was sagst du dazu, Kleiner?"

Obwohl Jack nur fünf Jahre älter als Gage war, hatte er ihn stets „Kleiner" genannt. „Ich wollte schon immer nach Rio."

„Ja, ich auch." Jack schnippte die glühende Zigarette aus dem Wagenfenster. Sie kullerte Funken sprühend über den Asphalt. „Wir könnten uns eine Villa kaufen und Highlife machen. Jede Menge Frauen, Rum und Sonne. Wie wärs?"

„Jenny könnte das möglicherweise ärgern."

Jack lachte leise bei der Erwähnung seiner Frau. „Ja, da könnte sie sauer werden. Sie würde mich glatt einen Monat lang im Wohnzimmer schlafen lassen. Schätze, wir sollten doch lieber dem Kerl in den Hintern treten." Er griff nach einem winzigen Sender. „Hier ist Schneewittchen. Empfangt ihr mich?"

„Positiv, Schneewittchen."

„Wir erreichen Pier Siebzehn", murmelte Jack. „Behaltet uns im Auge. Das gilt für euch alle sieben Zwerge da draußen."

Gage hielt im Schatten des Docks und stellte den Motor ab. Er roch Wasser und Fisch und Müll. Den Instruktionen, die sie erhalten hatten, folgend, blinkte er zweimal mit den Scheinwerfern, wartete und blinkte noch zweimal.

„Genau wie James Bond", sagte Jack und grinste ihm zu. „Bereit, Kleiner?"

„Verdammt, ja."

Jack steckte sich noch eine Zigarette an und blies den Rauch durch die Zähne. „Dann mal los!"

Sie bewegten sich vorsichtig. Jack hielt den Aktenkoffer mit den markierten Scheinen und dem Mikrosender. Beide Männer trugen Schulterhalfter mit 38er Polizeiwaffen. Gage hatte als Rückversicherung einen 25er um seine Wade geschnallt.

Das Klatschen von Wasser an Holz, das Krabbeln von Nagern auf Beton. Das schwache Licht eines wolkenverhangenen Mondes. Der Geruch von Tabak in der Luft von Jacks Zigarette. Der kleine, langsam rollende Schweißtropfen zwischen seinen Schulterblättern.

„Ich habe kein gutes Gefühl", sagte Gage leise.

„Fang mir nicht an, Gespenster zu sehen, Kleiner. Heute Nacht treffen wir ins Schwarze."

Gage nickte und schüttelte das Unbehagen ab. Aber er griff nach seiner Waffe, als ein kleiner Mann aus der Dunkelheit trat. Grinsend hielt der Mann die Hände hoch, Handflächen nach außen.

„Ich bin allein", sagte er. „Wie vereinbart. Ich bin Montega, Ihr Begleiter."

Er hatte dunkle zottige Haare und einen weit ausladenden Schnurrbart. Als er lächelte, fing Gage das Glitzern von Goldzähnen auf. Genau wie sie, trug er einen teuren Anzug von dem Zuschnitt, der die Beule einer automatischen Waffe verbergen konnte. Montega senkte vorsichtig eine Hand und holte eine lange, schlanke Zigarre hervor. „Es ist eine hübsche Nacht für eine kleine Bootsfahrt, sí?"

„Sí." Jack nickte. „Sie haben nichts dagegen, wenn wir Sie abklopfen? Wir würden uns besser fühlen, wenn wir die ganzen Schießeisen haben, bis wir am Ziel sind."

„Verständlich." Montega entzündete die Zigarre mit einem schlanken goldenen Feuerzeug. Noch immer grinsend, klemmte er sich die Zigarre zwischen die Zähne. Gage sah, wie seine Hand das Feuerzeug lässig zurück in die Tasche schob. Dann gab es eine Explosion. Das Geräusch, das allzu vertraute Geräusch einer Kugel, die aus einer Waffe schoss. Es gab ein angesengtes Loch in der Tasche des Fünfzehnhundertdollaranzugs. Jack fiel nach hinten.

Selbst jetzt, vier Jahre später, sah Gage den Rest

in schrecklicher Zeitlupe. Den benommenen, bereits toten Blick in Jacks Augen, als er von der Wucht der Kugel nach hinten geschleudert wurde. Das lange, langsame Rollen des Aktenkoffers, der sich immer wieder überschlug. Die Schreie der Teams ihrer Rückendeckung, während sie anrückten. Seine eigene unmöglich langsame Bewegung, mit der er nach seiner Waffe griff.

Das Grinsen, das breiter werdende Grinsen, in dem Gold blitzte, als Montega sich ihm zuwandte.

„Stinkende Cops", sagte er und feuerte.

Selbst jetzt noch konnte Gage den heißen, zerreißenden Schlag in seiner Brust explodieren fühlen. Die Hitze, unerträglich, unaussprechlich. Er konnte sich selbst nach hinten fliegen sehen. Endlos fliegen, endlos hinein in Dunkelheit.

Er war tot.

Er wusste, dass er tot war. Er konnte sich selbst sehen. Er blickte nach unten und sah seinen Körper hingestreckt auf dem blutigen Dock. Cops arbeiteten an ihm, drückten Verbandszeug auf seine Wunde, fluchten und krabbelten herum wie kleine Ameisen. Er beobachtete alles leidenschaftslos, schmerzlos.

Dann kamen die Sanitäter, zogen ihn irgendwie zurück in den Schmerz. Er hatte keine Kraft, um gegen sie anzukämpfen und dahin zu gehen, wohin er wollte.

Der Operationssaal. Hellblaue Wände, scharfes Licht, das Glitzern von stählernen Instrumenten. Das Piep, Piep von Monitoren. Das angestrengte Zischen und Entspannen des Beatmungsgeräts. Zweimal glitt er mühelos aus seinem Körper – wie ein Atemhauch, ruhig und unsichtbar – und beobachtete, wie das Operationsteam um sein Leben kämpfte. Er wollte ihnen sagen, sie sollten aufhören, er wolle nicht dahin zurückkommen, wo er wieder Schmerz empfinden konnte. Wieder fühlen konnte.

Aber sie waren geschickt und entschlossen und holten ihn zurück in diesen armen beschädigten Körper. Und für eine Weile kehrte er in die Schwärze zurück.

Das änderte sich. Er erinnerte sich, in einer grauen flüssigen Welt getrieben zu sein, die ursprünglich Erinnerungen an den Mutterleib zurückbrachte. Sicherheit in dieser Welt. Ruhe in dieser Welt. Gelegentlich konnte er jemanden sprechen hören. Jemand sagte laut, beharrlich seinen Namen. Doch er zog es vor, dies zu ignorieren. Eine Frau weinte – seine Tante. Die erschütterte, flehende Stimme seines Onkels.

Licht kam, wirklich eine Störung, und obwohl er nichts fühlen konnte, merkte er doch, dass jemand seine Augenlider anhob und mit einem Lichtstrahl in seine Pupillen leuchtete.

Es war eine faszinierende Welt. Er konnte seinen eigenen Herzschlag hören. Ein sachtes, beständiges Pochen und Zischen. Er konnte Blumen riechen. Nur gelegentlich. Dann wurden sie von dem glatten, antiseptischen Geruch des Krankenhauses überlagert. Und er hörte Musik, leise, ruhige Musik. Beethoven, Mozart, Chopin.

Später erfuhr er, dass eine der Schwestern so bewegt gewesen war, dass sie ein kleines Kassettengerät in sein Zimmer gebracht hatte. Sie brachte auch häufig weggeworfene Blumenarrangements und saß bei ihm und sprach mit einer ruhigen, mütterlichen Stimme.

Manchmal hielt er sie fälschlich für seine eigene Mutter und fühlte sich unerträglich traurig. Seine Mutter war weit, weit weg.

Als die Nebel in dieser grauen Welt sich zu lichten begannen, wehrte er sich dagegen. Er wollte bleiben. Doch ganz gleich, wie tief er auch tauchte, er trieb an die Oberfläche.

Bis er zuletzt seine Augen für das Licht öffnete.

Das war der schlimmste Teil des Albtraums,

fand Gage jetzt. Als er die Augen öffnete und begriff, dass er lebte.

Matt kletterte Gage aus dem Bett. Er hatte den Todeswunsch überwunden, der ihn in diesen ersten paar Wochen verfolgt hatte. Doch an den Morgen, an denen er unter dem Albtraum litt, geriet er in Versuchung, das Geschick und die Hingabe des Operationsteams zu verfluchen, das ihn zurückgebracht hatte.

Sie hatten Jack nicht zurückgebracht. Sie hatten Gages Eltern nicht gerettet, die starben, bevor er sie überhaupt kennen lernte. Sie hatten nicht das Geschick besessen, um seine Tante und seinen Onkel zu retten, die ihn mit uneingeschränkter Liebe großgezogen hatten und die nur wenige Wochen vor seinem Erwachen aus dem Koma gestorben waren.

Doch sie hatten ihn gerettet. Gage begriff nach und nach, warum.

Es war wegen der Gabe geschehen, wegen des Fluchs von einer Gabe, die er in diesen neun Monaten erhalten hatte, in denen seine Seele sich in dieser grauen, flüssigen Welt aufgehalten hatte. Und weil sie ihn gerettet hatten, hatte er keine andere Wahl, alles zu tun, was ihm bestimmt war.

Er erinnerte sich deutlich daran, als er diese Gabe das erste Mal bei sich festgestellt hatte. Sie hatte ihn erschreckt. Und fasziniert. Und sie war ideal für jemand, der nachts durch die Straßen wanderte – auf der Suche nach Antworten ...

Um Viertel vor Zwölf kühlte Deborah sich die Fersen auf dem fünfundzwanzigsten Revier. Sie war nicht besonders überrascht, dass sie dorthin gerufen worden war. Die vier Gangmitglieder, die Rico Mendez niedergeschossen hatten, wurden hier in getrennten Zellen gehalten. Auf diese Weise konnten sie unter den Anklagepunkten schwitzen – Mord ersten Grades, Beihilfe zum Mord, illegaler Besitz von Feuerwaffen, Besitz von verbotenen Substanzen und all die anderen Anklagen auf dem Arrestformular. Und sie konnten einzeln darunter schwitzen, ohne Gelegenheit zu haben, gegenseitig ihre Geschichten zu erhärten.

Sie hatte den Anruf von Sly Parinos Pflichtverteidiger um Punkt neun Uhr bekommen. Das sollte das dritte Zusammentreffen zwischen ihnen werden. Bei jeder vorangegangenen Zusammenkunft hatte Deborah sich gegen einen Handel gewehrt. Parinos öffentlicher Pflichtverteidiger verlangte die Welt, und Parino selbst war derb, gemein und arrogant. Aber sie hatte bemerkt, dass Parino jedes Mal, wenn sie im Sprechzimmer zusammensaßen, mehr schwitzte.

Der Instinkt sagte ihr, dass er tatsächlich etwas anzubieten hatte, sich jedoch fürchtete.

Auf ihre eigene Strategie zurückgreifend, hatte Deborah dem Treffen zugestimmt, hatte es jedoch um zwei Stunden verschoben. Es klang, als wäre Parino bereit für einen Handel, und da sie ihn festgenagelt hatte – Besitz der Mordwaffe und zwei Augenzeugen – musste er schon pures Gold zum Tausch anbieten.

Sie nutzte die Zeit, in der sie darauf wartete, dass Parino aus dem Gewahrsam vorgeführt wurde, um ihre Notizen zu dem Fall noch einmal durchzusehen. Sie hätte sie auswendig hersagen können. Ihre Gedanken wanderten daher zurück zum vorherigen Abend.

Was für eine Sorte Mann war Gage Guthrie? Der Typ, der eine zögernde Frau nach einer fünfminütigen Bekanntschaft in seine Limousine drängte. Der dann diese Limousine zweieinhalb Stunden zu ihrer Verfügung zurückließ. Sie erinnerte sich an ihre amüsierte Verblüffung, als sie um ein Uhr nachts aus dem Justizgebäude kam und die lange schwarze Limousine mit ihrem schweigsamen massigen Fahrer vorfand, um sie nach Hause zu bringen.

Mr. Guthries Anordnung.

Obwohl Mr. Guthrie nirgendwo zu sehen war, hatte sie seine Gegenwart während der ganzen Fahrt vom Stadtzentrum zu ihrem Apartment im unteren West End gefühlt.

Ein machtvoller Mann, dachte sie jetzt. Im Aussehen, in der Persönlichkeit und in der grundsätzlichen maskulinen Ausstrahlung. Sie sah sich in dem Revier um und versuchte sich vorzustellen, wie dieser elegante, nur leicht kantig wirkende Mann in einem Smoking hier arbeitete.

Das Fünfundzwanzigste war eines der härtesten Reviere in der Stadt. Und hier hatte, wie Deborah herausgefunden hatte, als sie ihre Neugier befriedigte, Detektiv Gage Guthrie die meiste Zeit seiner sechs Jahre beim Urbana Police Department abgedient.

Es war schwierig, diese zwei miteinander zu verbinden. Diesen glatten, hartnäckig charmanten Mann mit dem schmutzigen Linoleum des Police Departments, dem harten Neonlicht, dem Geruch von Schweiß und abgestandenem Kaffee, unterlegt mit dem klebrigen Fichtennadelduft von Reinigungsmitteln.

Er mochte klassische Musik, denn aus den Lautsprechern der Limousine war Mozart gedrungen. Dennoch hatte er jahrelang inmitten von Schreien, Flüchen und schrillenden Telefonen im Fünfundzwanzigsten gearbeitet.

Nach den Informationen, die sie aus seiner Akte herausgelesen hatte, wusste sie, dass er ein guter Cop gewesen war – manchmal zu wagemutig, aber einer, der nie die Grenze überschritt. Zumindest war davon nichts festgehalten in seiner Akte. Im Gegenteil, sie strotzte geradezu von Belobigungen.

Er und sein Partner hatten einen Prostitutionsring aufgebrochen, der sich als Opfer durchgebrannte Jugendliche aussuchte, hatten auf ihr Konto die Verhaftung dreier prominenter Geschäftsleute verbucht, die eine geheime Spielorganisation betrieben, die ihre glücklosen Kunden mit unaussprechlichen Qualen bestrafte, hatten Drogendealer zur Strecke gebracht, kleine und große, und hatten einen korrupten Cop aufgestöbert, der seine Polizeimarke dazu benützt hatte, Schutzgelder von kleinen Ladenbesitzern in Urbanas Klein-Asien zu erpressen.

Dann waren sie in den Untergrund gegangen, um einem der größten Drogenkartelle an der Ostküste das Rückgrat zu brechen. Und waren letzten Endes selbst gebrochen worden.

„Miss O'Roarke."

„Ja." Sie stand auf und reichte dem jungen, abgehetzt wirkenden öffentlichen Pflichtverteidiger die Hand. „Hallo, Mr. Simmons."

„Ja, also ..." Er schob seine Schildpattbrille auf der Hakennase höher. „Guten Tag, Miss O'Roarke. Ich bin Ihnen wirklich sehr dankbar, dass Sie diesem Treffen zugestimmt haben."

„Lassen Sie den Quatsch." Hinter Simmons wurde Parino von zwei uniformierten Cops flankiert. Ein abfälliges Grinsen lag auf seinem Gesicht. Seine Hände steckten in Handschellen. „Wir sind für einen Handel hier. Fangen wir an."

Mit einem Kopfnicken ging Deborah in das kleine Sprechzimmer voraus. Sie stellte ihre Aktentasche auf den Tisch und setzte sich dahinter. Sie verschränkte die Hände im Schoß. In ihrem schlichten blauen Kostüm mit der weißen Bluse sah sie jeder Zentimeter wie eine Südstaatenschönheit aus. Man hatte ihr gute Manieren beigebracht. Doch ihre Augen, dunkel wie das Leinen ihres Kostüms, brannten, als sie über Parino wanderten. Sie hatte die Polizeifotos von Mendez studiert und hatte gesehen, was Hass und eine automatische

Waffe mit einem sechzehn Jahre alten Körper anstellen konnten.

„Mr. Simmons, Ihnen ist doch klar, dass von den vier Verdächtigen, denen eine Anklage wegen der Ermordung von Rico Mendez bevorsteht, Ihr Klient den Preis für die ernsteste Anklage gewinnt?"

„Können wir die Dinger abmachen?" Parino streckte die gefesselten Hände aus.

Deborah warf ihm einen Blick zu. „Nein."

„Komm schon, Baby." Er schenkte ihr ein Lächeln, das er für sexy hielt. „Sie haben doch keine Angst vor mir, oder?"

„Vor Ihnen, Mr. Parino?" Ihre Lippen lächelten, aber ihr Ton war kühl sarkastisch. „Nein, wirklich nicht. Ich zerquetsche hässliche kleine Insekten jeden Tag. Aber Sie sollten Angst vor mir haben. Ich bin diejenige, die Sie abservieren wird." Sie lenkte den Blick zurück auf Simmons. „Verschwenden wir nicht wieder Zeit. Wir drei wissen, worum es geht. Mr. Parino ist neunzehn und wird als Erwachsener angeklagt. Es muss noch entschieden werden, ob die anderen als Erwachsene oder Jugendliche vor Gericht kommen." Sie holte ihre Notizen heraus, obwohl sie sie nur als Staffage brauchte. „Die Mordwaffe wurde in Mr. Parinos

Apartment gefunden, mit Mr. Parinos Fingerabdrücken auf ihr."

„Die ist mir untergeschoben worden", behauptete Parino. „Die habe ich nie vorher gesehen."

„Heben Sie sich das für den Richter auf", schlug Deborah vor. „Zwei Zeugen haben ihn in dem Wagen gesehen, der an der Ecke der Third Avenue und der Market Street am 2. Juni um 11.45 Uhr vorbeifuhr. Diese beiden Zeugen haben Mr. Parino bei einer Gegenüberstellung als den Mann identifiziert, der sich aus dem Wagen beugte und zehn Schüsse auf Rico Mendez abgab."

Parino begann, über diese Verräter zu fluchen und zu schreien, was er mit ihnen anstellen würde, wenn er herauskam. Was er mit Deborah anstellen würde. Ohne sich die Mühe zu machen, ihre Stimme zu erheben, fuhr Deborah fort, ihre Augen auf Simmons gerichtet.

„Wir nageln Ihren Klienten eiskalt auf Mord ersten Grades fest. Und der Staat wird die Todesstrafe verlangen." Sie verschränkte die Hände auf ihren Unterlagen und nickte Simmons zu. „Also, worüber wollen Sie sprechen?"

Simmons zerrte an seiner Krawatte. Der Rauch der Zigarette, an der Parino paffte, zog in seine Richtung und brannte in seinen Augen. „Mein

Klient besitzt Informationen, die er dem Büro des Staatsanwalts übergeben will." Er räusperte sich. „Im Gegenzug für Immunität und eine Reduzierung der gegenwärtigen Anklagen gegen ihn. Von Mord ersten Grades zu illegalem Besitz einer Feuerwaffe."

Deborah hob eine Augenbraue und dehnte die Stille einen Herzschlag lang aus. Sie beobachtete Simmons, dessen Augen Nervosität ausdrückten. An der Sache war was dran. Sie konnte es förmlich riechen. „Mord ersten Grades", wiederholte sie. „Mit einer Empfehlung auf Lebenslänglich anstelle der Todesstrafe – falls Sie etwas haben, das mein Interesse weckt."

„Lassen Sie mich bitte mit meinem Klienten sprechen. Wenn Sie uns eine Minute geben könnten."

„Natürlich." Sie verließ den schwitzenden Pflichtverteidiger und seinen schreienden Klienten.

Zwanzig Minuten später saß sie Parino wieder an dem verschrammten Tisch gegenüber. Er war blasser und ruhiger, während er eine Zigarette bis zum Filter herunterrauchte.

„Spielen Sie Ihre Karten aus, Parino", schlug sie vor.

„Ich will Immunität."

„Was die Anklagen betrifft, die aus den von Ihnen an mich gelieferten Informationen entstehen könnten, einverstanden." Sie hatte ihn da, wo sie ihn wollte.

„Und Schutz." Er hatte zu schwitzen begonnen.

„Sofern er berechtigt ist."

Er zögerte, spielte mit seiner Zigarette, mit dem angesengten Plastikaschenbecher. Doch er war in die Ecke getrieben, und er wusste es. Zwanzig Jahre. Der Pflichtverteidiger hatte gesagt, er könnte vielleicht in zwanzig Jahren auf Bewährung entlassen werden.

Zwanzig Jahre im Bau waren besser als der Stuhl. Alles war besser. Und ein schlauer Kerl konnte sich im Knast ganz gut behaupten. Er hielt sich für einen ziemlich schlauen Kerl.

„Ich habe ein paar Lieferungen für ein paar Kerle gemacht. Schwere Sachen. Transport von Stoff von den Docks zu diesem tollen Antiquitätenladen im Zentrum. Die haben gut bezahlt, zu gut. Also habe ich gewusst, dass da in den Kisten noch was anderes war als alte Vasen." Wegen der Handschellen unbeholfen, steckte er sich eine Zigarette am glimmenden Filter der anderen an. „Ich dachte, ich seh mir das selbst mal an. Ich habe eine von den

Kisten aufgemacht. Die war randvoll gepackt mit Koks. Mann, ich habe nie so viel Schnee gesehen. Hundert, vielleicht hundertfünfzig Pfund. Und das Zeug war rein."

„Woher wissen Sie das?"

Er leckte sich über die Lippen, grinste. „Ich habe eines von den Päckchen genommen und unter mein Hemd gesteckt. Ich sage Ihnen, da war genug, um jede Nase in diesem Staat für die nächsten zwanzig Jahre ausgiebig zu füllen."

„Wie heißt dieser Laden?"

Er leckte sich erneut über die Lippen. „Ich will wissen, ob wir einen Handel haben."

„Wenn die Information bestätigt wird, ja. Wenn Sie mir einen Bären aufbinden, nein."

„‚Timeless'! Das ist der Name. ‚Zeitlos'. Auf der Seventh Avenue. Wir haben einmal, vielleicht auch zweimal in der Woche geliefert. Ich weiß nicht, wie oft wir da Koks oder nur schicke Tische hingefahren haben."

„Nennen Sie mir Namen."

„Der Typ, mit dem ich auf den Docks gearbeitet habe, war Maus. Einfach Maus, mehr weiß ich nicht."

„Wer hat Sie angeheuert?"

„Irgendein Typ. Ist ins ‚Loredo's' gekommen,

die Bar im West End, wo die Demons rumhängen. Sagte, er hat Arbeit, wenn ich einen starken Rücken habe und mein Maul halten kann. Also, Ray und ich haben daraufhin mitgemacht."

„Ray?"

„Ray Santiago. Er ist einer von uns, von den Demons."

„Wie hat er ausgesehen, der Mann, der Sie angeheuert hat?"

„Kleiner Kerl, irgendwie unheimlich. Großer Schnurrbart, paar Goldzähne. Ist ins ‚Loredo's' in einem tollen Anzug reinmarschiert, aber keiner ist auf die Idee gekommen, sich mit ihm anzulegen."

Sie machte sich Notizen, nickte, drängte, bis sie sicher war, Parino ausgequetscht zu haben. „Also schön, ich überprüfe es. Wenn Sie ehrlich zu mir waren, werden Sie herausfinden, dass ich ehrlich zu Ihnen bin." Sie stand auf und blickte zu Simmons. „Ich melde mich."

Als sie das Sprechzimmer verließ, hämmerte es in ihrem Kopf. Ihr Magen fühlte sich verkrampft an wie jedes Mal, wenn sie mit Typen wie Parino einen Handel schloss.

Er ist neunzehn, um Himmels willen, dachte sie, als sie das Besucherabzeichen dem Sergeant am Pult zuwarf.

„Schlechter Tag?"

Noch immer mit gerunzelter Stirn drehte sie sich um, beschattete die Augen und richtete sie auf Gage Guthrie. „Oh. Hallo. Was machen Sie hier?"

„Auf Sie warten."

Sie hob eine Augenbraue und überlegte sich sorgfältig die passende Antwort. Heute trug er einen grauen Anzug, sehr gepflegt und unaufdringlich teuer. Obwohl die Feuchtigkeit beträchtlich war, wirkte sein weißes Hemd gestärkt. Seine graue Seidenkrawatte war ordentlich geknotet.

Er sah genau nach dem aus, was er war. Ein erfolgreicher, wohlhabender Geschäftsmann. Bis man in seine Augen blickt, dachte Deborah. Tat man das, erkannte man, dass Frauen zu ihm aus einem viel grundlegenderen Motiv hingezogen wurden als Geld und Position.

Sie antwortete mit der einzigen Frage, die ihr angemessen erschien. „Warum warten Sie?"

Er lächelte. Er hatte ihre Vorsicht und ihr Abschätzen deutlich erkannt und war davon genauso amüsiert wie beeindruckt. „Um Sie zum Lunch einzuladen."

„Oh. Nun, das ist sehr nett, aber ..."

„Sie essen doch, oder?"

Er lachte über sie. Kein Zweifel. „Ja, fast jeden Tag. Aber im Moment arbeite ich."

„Sie sind ein hingebungsvoller Diener des Staates, nicht wahr, Deborah?"

„Das möchte ich meinen." In seiner Stimme hatte gerade genug Sarkasmus gelegen, dass sich ihr die Nackenhaare aufstellten. Sie trat an den Randstein und hob einen Arm, um ein Taxi anzuhalten. Ein Bus donnerte vorbei, Auspuffgase ausstoßend. „Es war nett von Ihnen, mir letzte Nacht die Limousine zu überlassen." Sie drehte sich um und sah ihn an. „Aber es war nicht nötig."

„Ich tue oft, was andere für unnötig halten." Er ergriff ihre Hand und drückte leicht ihren Arm an ihre Seite herunter. „Wenn nicht Lunch, dann Dinner."

„Das klingt mehr wie ein Befehl und nicht wie eine Bitte." Sie hätte ihm die Hand entzogen, aber es erschien ihr albern, sich auf einer öffentlichen Straße auf einen kindischen Willenskampf einzulassen. „Auch das muss ich ablehnen. Ich arbeite heute Abend lange."

„Dann morgen." Er lächelte charmant. „Eine Bitte, Frau Anwalt."

Es war schwierig, nicht zurückzulächeln, wenn er sie mit Humor – und war es Einsamkeit? – in seinen Augen anlächelte. „Mr. Guthrie. Gage." Sie verbesserte sich, bevor er es tun konnte. „Hartnäckige Männer ärgern mich für gewöhnlich. Und Sie sind keine Ausnahme. Aber aus irgendeinem Grund glaube ich, dass ich mit einem Dinner mit Ihnen einverstanden bin."

„Ich hole Sie um sieben ab."

„Fein. Ich gebe Ihnen meine Adresse."

„Ich kenne sie."

„Natürlich." Sein Fahrer hatte sie am Vorabend vor ihrer Tür abgesetzt. „Wenn Sie mir jetzt meine Hand wiedergeben, möchte ich ein Taxi nehmen."

Er gehorchte nicht sofort, sondern blickte auf ihre Hand hinunter. Sie war klein und zart, wie der Rest von ihr. Aber sie besaß Kraft in den Fingern. Sie hielt ihre Nägel kurz, säuberlich abgerundet, mit farblosem Nagellack überzogen. Sie trug keine Ringe, keine Armbänder, nur eine schmale, praktische Uhr, die zweifellos auf die Minute genau ging.

Er blickte von ihrer Hand in ihre Augen. Er sah Neugier, einen Hauch Ungeduld und erneut Vorsicht. Gage zwang sich zum Lächeln, während er überlegte, wie die einfache Berührung von Handflächen ihm einen derartigen Schlag hatte versetzen können.

„Dann bis morgen." Er gab sie frei und trat zurück.

Sie nickte bloß, weil sie ihrer Stimme nicht traute. Als sie in ein Taxi glitt, drehte sie sich noch einmal um. Er war jedoch schon verschwunden.

3. Kapitel

Es war bereits nach zehn, als Deborah sich dem Antiquitätengeschäft näherte. Es war natürlich geschlossen, und sie hatte nicht erwartet, irgendetwas zu finden. Sie hatte ihren Bericht geschrieben und die Details ihres Gesprächs mit Parino an ihren Vorgesetzten weitergegeben. Aber sie hatte nicht widerstehen können, selbst einen Blick zu riskieren.

In diesem gehobenen Teil der Stadt genossen die Leute normalerweise ein Dinner oder ein Bühnenstück. Einige Paare gingen an ihr vorbei auf dem Weg zu einem Club oder in ein Restaurant. Straßenlampen erzeugten Inseln der Sicherheit.

Es war albern gewesen, sich hierher locken zu lassen. Sie konnte kaum erwarten, die Türen geöffnet vorzufinden, so dass sie hineingehen und eine Kiste mit Drogen in einem Schrank aus dem achtzehnten Jahrhundert finden konnte.

Das Schaufenster war nicht nur dunkel, sondern auch mit Jalousien und schweren Riegeln gesichert. Genau wie der ganze Laden dreifach gesichert war. Sie hatte an diesem Tag Stunden für die Suche nach dem Namen des Besitzers aufgeboten. Er hatte sich sehr gut unter einem Gewirr von Gesellschaften abgeschirmt. Die Spur auf Papier nahm frustrierende Wendungen und Drehungen. Bisher hatte jeder Hinweis in einer Sackgasse geendet.

Aber der Laden existierte. Morgen, spätestens übermorgen bekam sie einen Gerichtsbeschluss. Dann würde die Polizei jeden Winkel von ‚Zeitlos' durchsuchen und die Bücher beschlagnahmen.

Sie ging näher an das dunkle Schaufenster heran, als irgendetwas sie veranlasste, sich rasch umzudrehen und in die Lichter und die Dunkelheit der Straße hinter ihr zu starren.

Der Verkehr rollte lärmend vorbei. Arm in Arm ging ein lachendes Pärchen auf dem gegenüberliegenden Bürgersteig vorbei. Musik aus offenen Autofenstern ertönte laut und wild vermischt, unterbrochen von Hupen und gelegentlichem Quietschen von Reifen.

Normal, ermahnte Deborah sich selbst. Es gab nichts, das dieses Ziehen zwischen den Schulterblättern begründete. Dennoch blieb das Gefühl, beobachtet zu werden, bestehen.

Entschlossen kämpfte sie ihr Unbehagen nieder, umrundete das Gebäude und ging rasch durch den kurzen schmalen Durchgang zwischen dem Antiquitätenladen und der benachbarten Boutique.

Die Rückseite des Gebäudes war genauso abgesichert und abweisend wie die Front. Es gab ein vergittertes Fenster und eine durch drei Riegel gesicherte Doppeltür. Hier gab es keine Straßenlampen, die die Dunkelheit minderten.

„Sie sehen eigentlich nicht dumm aus."

Bei dem Klang der Stimme sprang Deborah zurück und wäre in eine Reihe Mülltonnen getaumelt, hätte nicht eine Hand ihr Handgelenk gepackt. Sie öffnete den Mund für einen Schrei und riss die Faust hoch, als sie den Mann erkannte.

„Sie!" Er war in Schwarz, kaum sichtbar in der Dunkelheit.

„Ich dachte, Sie hätten genug von Hinterhöfen." Er ließ sie nicht los, obwohl er wusste, dass er es tun sollte. Seine Finger umschlangen ihr Handgelenk und fühlten den schnellen, heißen Schlag ihres Pulses.

„Sie haben mich beobachtet."

„Es gibt einige Frauen, bei denen das Wegsehen schwer fällt." Er zog sie näher an sich. Nur ein Ruck an ihrem Handgelenk. Und er verblüffte sie beide. Seine Stimme war leise und rau. Deborah sah Ärger in seinen Augen glitzern. Sie fand die Kombination seltsam beeindruckend. „Was machen Sie hier?"

Ihr Mund war so trocken, dass es schmerzte. Er hatte sie so nahe herangezogen, dass ihre Schenkel sich berührten. Sie fühlte das warme Flattern seines Atems auf ihren Lippen. Um für etwas Abstand und Kontrolle zu sorgen, legte sie eine Hand an seine Brust.

Ihre Hand traf auf eine warme, solide Wand, fühlte den raschen, gleichmäßigen Schlag seines Herzens.

„Was ich hier mache, ist meine Angelegenheit."

„Ihre Angelegenheit ist es, Fälle vorzubereiten und vor Gericht zu vertreten, nicht Detektiv zu spielen."

„Ich spiele nicht ..." Sie brach ab und zog die Augenbrauen zusammen. „Woher wissen Sie, dass ich Staatsanwältin bin?"

„Ich weiß eine ganze Menge über Sie, Miss O'Roarke." Sein Lächeln war dünn und humorlos. „Das ist meine Aufgabe. Ich glaube nicht, dass Ihre Schwester gearbeitet und dafür gesorgt hat, dass Sie als beste Studentin Ihrer Klasse durch das Jurastudium gekommen sind, damit Sie um die Hintereingänge von verschlossenen Gebäuden schleichen. Besonders dann nicht, wenn dieses Gebäude eine Fassade für ein besonders hässliches Geschäft ist."

„Sie kennen diesen Laden?"

„Wie ich Ihnen schon sagte, ich weiß eine ganze Menge."

Mit der Einmischung in ihr Leben wollte sie sich später beschäftigen. Jetzt musste sie eine Aufgabe erfüllen. „Wenn Sie irgendeine Information, irgendeinen Beweis haben, der diese mutmaßliche Drogenangelegenheit betrifft, ist es Ihre Pflicht, diese Information an das Büro des Staatsanwalts weiterzugeben."

„Ich bin mir meiner Pflicht sehr bewusst. Dazu gehört allerdings nicht, einen Handel mit Abschaum zu schließen."

„Haben Sie nie ..."

Doch er unterbrach sie rasch, indem er seine behandschuhte Hand auf ihren Mund drückte. Er lauschte, aber nicht mit seinen Ohren. Es war nichts, das er hörte, sondern etwas, das er fühlte, wie andere Menschen Hunger oder Durst, Liebe oder Hass fühlen. Oder Gefahr, sofern ihre Sinne noch nicht von der Zivilisation abgestumpft waren.

Bevor sie auch nur beginnen konnte, gegen ihn zu kämpfen, hatte er sie zur Seite gezogen und sie vor sich hinter die Wand des nächsten Gebäudes geschoben.

„Was, zum Teufel, machen Sie da?"

Die Explosion erfolgte unmittelbar auf ihre

Worte und ließ ihre Ohren klingen. Der Lichtblitz blendete ihre Augen. Bevor sie die Lider schließen konnte, sah sie Glasscherben und angekohlte Ziegel durch die Luft fliegen. Unter ihr erbebte der Boden, während der Antiquitätenladen explodierte. Sie sank zu Boden, vollkommen fassungslos.

Mit Entsetzen und Faszination sah sie einen tödlichen Betonbrocken nur einen Meter neben sich einschlagen.

„Alles in Ordnung?" Als sie nicht antwortete, sondern nur zitterte, legte er die Hände an ihr Gesicht und drehte es zu sich. „Deborah, alles in Ordnung?"

Er wiederholte ihren Namen zweimal, bevor der glasige Ausdruck aus ihren Augen schwand. „Ja", brachte sie hervor. „Mit Ihnen auch?"

„Lesen Sie keine Zeitungen?" Die Andeutung eines Lächelns spielte um seinen Mund. „Ich bin unverwundbar."

„Richtig." Mit einem kleinen Seufzer versuchte sie sich aufzusetzen. Einen Moment bewegte er sich nicht, sondern ließ seinen Körper da, wo er war, wo er sein wollte. An sie geschmiegt. Sein Gesicht war nur Zentimeter von dem ihren entfernt. Er fragte sich, was passieren würde – mit ihnen beiden –, wenn er diesen Abstand überbrückte und seinen Mund mit ihrem zusammentreffen ließ.

Deborah erkannte, dass er sie küssen wollte, und verhielt sich absolut ruhig. Emotion durchflutete sie. Kein Zorn, wie sie erwartet hatte, sondern Erregung, rau und wild, durchpulste sie so schnell, so gewaltig, dass sie alles andere abblockte. Mit einem kleinen zustimmenden Murmeln hob sie die Hand an seine Wange.

Ihre Finger strichen über seine Maske. Er zuckte vor ihrer Berührung zurück, als wäre er geohrfeigt worden, drehte sich, stand auf und half ihr auf die Füße. Sie kämpfte gegen eine machtvolle Verbindung aus Demütigung und Wut an, bog um die Mauer und blickte zu der Rückfront des Antiquitätenladens.

Es war nicht viel übrig. Ziegel, Glas und Beton lagen verstreut herum. In dem zerstörten Gebäude wütete ein Brand. Das Dach stürzte mit einem langen, lauten Stöhnen ein.

„Die haben Sie diesmal geschlagen", murmelte er. „Hier bleibt nichts zurück, das Sie aufspüren könnten, keine Papiere, keine Drogen, keine Unterlagen."

„Die haben ein ganzes Gebäude zerstört", stieß sie zwischen zusammengebissenen Zähnen hervor.

Sie hatte nicht geküsst werden wollen, sagte sie sich. Sie war erschüttert und benommen gewesen, Opfer einer vorübergehenden Verstandestrübung.

„Aber jemand hat es gehört, und ich finde heraus, wer das ist."

„Das war als Warnung gedacht, Miss O'Roarke. Eine, auf die Sie vielleicht hören sollten."

„Ich lasse mich nicht abschrecken. Nicht von einem explodierenden Gebäude und nicht von Ihnen." Sie wandte sich ihm zu, war jedoch nicht überrascht, dass er verschwunden war.

Es war schon nach ein Uhr nachts, als Deborah sich durch den Korridor zu ihrem Apartment schleppte. Sie hatte fast zwei Stunden lang Fragen beantwortet, wobei sie ihre Erklärungen der Polizei gegeben hatte und Reportern ausgewichen war.

Selbst durch die Erschöpfung hindurch verspürte sie einen nagenden Ärger auf einen Mann, der Nemesis genannt wurde.

Technisch gesehen hatte er ihr erneut das Leben gerettet. Wenn sie drei Meter von dem Antiquitätenladen entfernt gestanden hätte, als die Bombe hochging, so hätte sie sicherlich ein hässliches Ende gefunden. Doch dann hatte er es ihr allein überlassen, alles der Polizei zu erklären.

„Sie sehen aus, als hätten Sie einen schweren Abend gehabt."

Die Schlüssel in der Hand, drehte Deborah sich um. Ihre Nachbarin von gegenüber, Mrs. Greenbaum, stand in ihrer offenen Tür und betrachtete sie durch eine Brille mit kirschroter Fassung.

„Mrs. Greenbaum, wieso sind Sie noch auf?"

„Ich habe mir gerade David Letterman zu Ende angesehen. Der Junge schafft mich." Mit siebzig, von einer angenehmen Pension gegen die Stürme des Lebens abgeschirmt, hielt Lil Greenbaum ihren eigenen Zeitablauf ein und tat, was sie wollte. Im Moment trug sie einen selbst gemachten Samthausmantel, Charles-und-Di-Pantoffeln und eine hellrosa Schleife in ihren rot gefärbten Haaren. „Sie sehen aus, als könnten Sie einen Drink gebrauchen. Wie wäre es mit einem schönen heißen Grog?"

Deborah wollte schon ablehnen, als sie erkannte, dass ein heißer Grog genau das war, was sie brauchte. Lächelnd ließ sie ihre Schlüssel in ihre Jackentasche fallen und überquerte den Hausflur. „Machen Sie einen Doppelten daraus."

„Das Wasser habe ich schon aufgesetzt. Setzen Sie sich einfach und ziehen Sie die Schuhe aus." Mrs. Greenbaum wieselte in die Küche.

Dankbar sank Deborah in die tiefen Couchkissen. Der Fernseher war noch an. Ein alter Schwarzweißfilm flimmerte über den Bildschirm. Deborah erkannte den jungen Cary Grant, aber nicht den Film. Mrs. Greenbaum kannte ihn bestimmt, Mrs. Greenbaum kannte alles.

„Da bin ich wieder." Mrs. Greenbaum brachte zwei leicht verformte Keramiktassen, das Produkt der Kreativität eines ihrer jüngeren Kinder. Sie warf einen Blick auf den Fernseher. „‚Penny Serenade', 1941." Nachdem sie die Tassen abgestellt hatte, schaltete sie den Fernseher aus. „Also, in welche Schwierigkeiten sind Sie denn hineingeraten?"

„Merkt man das?"

Mrs. Greenbaum nahm einen behaglichen Schluck des mit Whisky verfeinerten Tees. „Ihr Kostüm sieht katastrophal aus." Sie beugte sich näher und schnüffelte. „Riecht nach Rauch. Sie haben einen Schmutzfleck an der Wange, eine Laufmasche im Strumpf und Feuer in den Augen. Nach Ihren Augen zu schließen, ist ein Mann in die Sache verwickelt."

„Das Urbana Police Department könnte Sie gebrauchen, Mrs. Greenbaum." Deborah nippte an ihrem Tee. „Ich habe mich ein wenig umgesehen. Das Gebäude, das ich überprüfte, flog in die Luft."

Das lebhafte Interesse in Mrs. Greenbaums Augen verwandelte sich augenblicklich in Sorge. „Sie sind doch nicht verletzt?"

„Nein. Nur ein paar blaue Flecke." Die sehr gut zu denen passen würden, die sie vor einer Woche abbekommen hatte. „Ich schätze, mein Ego hat ein wenig gelitten. Ich bin auf Nemesis gestoßen." Deborah hatte ihr erstes Zusammentreffen nicht erwähnt, weil sie sich schmerzlich der leidenschaftlichen Bewunderung ihrer Nachbarin für den Mann in Schwarz bewusst war.

Hinter der dicken Brille wurden Mrs. Greenbaums Augen fast so groß wie Untertassen. „Sie haben ihn tatsächlich gesehen?"

„Ich habe ihn gesehen, habe mit ihm gesprochen und wurde von ihm auf den Beton geworfen, Sekunden bevor das Gebäude in die Luft flog."

„Allgütiger!" Lil presste eine Hand auf ihr Herz. „Das ist ja noch viel romantischer als mein Kennenlernen von Mr. Greenbaum auf dieser Pentagon-Tagung."

„Es hatte nichts mit Romantik zu tun. Der Mann ist unmöglich, sehr wahrscheinlich ein Irrer und ganz sicher gefährlich."

„Er ist ein Held." Mrs. Greenbaum drohte Deborah mit dem Finger. „Sie haben noch nicht gelernt, einen Helden zu erkennen. Das kommt daher, dass wir heutzutage nicht mehr genug von ihnen haben." Sie überkreuzte ihre Beine, so dass Prinzessin Di zu Deborah hochlächelte. „Wie sieht er aus? Die Berichte bringen alles durcheinander. Den einen Tag ist er ein zwei Meter vierzig großer schwarzer Mann, den anderen Tag ist er ein bleichgesichtiger Vampir komplett mit Fangzähnen. Wieder an einem anderen Tag habe ich gelesen, er sei eine kleine grüne Frau mit roten Augen, wohl so eine Art Marsmensch."

„Er ist keine Frau", murmelte Deborah. Sie erinnerte sich – ein wenig zu deutlich – an seinen Körper auf dem ihren. „Aber ich kann nicht genau sagen, wie er aussieht. Es war dunkel, und der größte Teils seines Gesichts war maskiert."

„Gleitet durch die Schatten, um das Böse auszurotten und die Unschuld zu schützen. Was gibt es Romantischeres?"

„Er lehnt sich gegen das System auf."

„Genau mein Standpunkt. Es wird sich nicht genug dagegen aufgelehnt."

„Ich sage ja nicht, dass er nicht ein paar Leuten geholfen hat, aber wir haben ausgebildete Polizeikräfte dafür." Deborah blickte stirnrunzelnd in ihre Tasse. Beide Male, als sie Hilfe brauchte, waren keine Cops in der Nähe gewesen. Sie konnten nicht überall sein. Und wahrscheinlich wäre sie mit beiden Situationen selbst fertig geworden. Vielleicht. Sie brachte ihr letztes und stärkstes Argument vor. „Er hat keinen Respekt vor dem Gesetz."

„Ich glaube, da irren Sie sich. Ich glaube, er hat großen Respekt davor. Er interpretiert es nur anders als Sie." Erneut tätschelte sie Deborahs Hand. „Sie sind ein gutes Mädchen, Deborah, ein kluges Mädchen, aber Sie haben sich selbst darauf trainiert, einen sehr schmalen Pfad zu beschreiten. Sie sollten sich daran erinnern, dass dieses Land durch eine Rebellion gegründet wurde. Wir vergessen das oft. Dann werden wir fett und träge, bis jemand daherkommt und den Status quo in Frage stellt. Wir brauchen Rebellen, genau wie wir Helden brauchen. Es wäre eine stumpfe, traurige Welt ohne sie."

„Mag sein." Sie war allerdings absolut nicht überzeugt. „Wir brauchen aber auch Regeln."

„Oh ja." Mrs. Greenbaum strahlte. „Wir brauchen Regeln. Wie sonst könnten wir sie brechen?"

Gage hielt die Augen geschlossen, während sein Fahrer die Limousine durch die Stadt steuerte. In der Nacht nach der Explosion und während des folgenden Tages hatte er sich ein Dutzend Gründe ausgedacht, weshalb er seine Verabredung mit Deborah O'Roarke absagen sollte.

Es waren alles sehr praktische, sehr logische, sehr vernünftige Gründe. Um sie von sich zu weisen, hatte es nur eines unpraktischen, unlogischen und unvernünftigen Grundes bedurft.

Er brauchte Deborah.

Sie störte ihn bei seiner Arbeit, sowohl tags als auch nachts. Seit dem Moment, als er sie gesehen hatte, konnte er an niemanden sonst mehr denken. Er hatte sein gewaltiges Netzwerk an Computern benutzt, um jede nur erhältliche Information über sie zu bekommen. Er wusste, dass sie vor fünfundzwanzig Jahren in Atlanta geboren worden war. Er wusste, dass sie im Alter von acht Jahren ihre Eltern auf tragische und brutale Weise verloren hatte. Ihre Schwester hatte sich um sie gekümmert, und zusammen waren sie kreuz und quer durch das Land gezogen. Die Schwester arbeitete für den Rundfunk und war jetzt Sendermanagerin bei KHIP in Denver, wo Deborah aufs College gegangen war.

Deborah hatte ihr Examen beim ersten Anlauf geschafft und hatte sich um eine Stellung im Büro des Staatsanwalts von Urbana beworben, wo sie sich den Ruf verdient hatte, gründlich, gewissenhaft und ehrgeizig zu sein.

Er wusste, dass sie auf dem College eine ernsthafte Liebesaffäre gehabt hatte, aber er wusste nicht, was sie beendet hatte. Sie traf sich mit etlichen Männern, wovon aber nichts ernst war. Sie lebte alleine in einem Apartment.

Gage hasste die Tatsache, dass ihm dieses letzte Stückchen Information eine ungeheure Erleichterung gebracht hatte.

Sie war eine Gefahr für ihn. Er wusste es, verstand es und konnte es trotzdem nicht vermeiden. Selbst nach ihrem Zusammentreffen am Vorabend, als sie ihn bis auf Haaresbreite dazu gebracht hatte, die Beherrschung zu verlieren, konnte er sie nicht aus seinen Gedanken verbannen.

Sie weiterhin zu sehen bedeutete, sie weiterhin zu täuschen. Und sich selbst.

Doch als der Wagen vor ihrem Haus am Bordstein hielt, stieg Gage aus, betrat die Vorhalle und nahm den Aufzug zu ihrer Etage.

Als Deborah das Klopfen hörte, beendete sie ihr Hin- und Herlaufen im Wohnzimmer. In den letzten zwanzig Minuten hatte sie sich gefragt, warum sie zugestimmt hatte, mit einem Mann auszugehen, den sie kaum kannte. Und der noch dazu den Ruf eines Frauenkenners besaß, der jedoch mit seinem Geschäft verheiratet war.

Sie trug Blau. Irgendwie hatte er das gewusst. Die mitternachtsblaue Seide ihres Dinnerkostüms passte zu ihren Augen. Der Rock war eng und kurz und betonte ihre langen, schlanken Beine. Die hautenge, fast maskulin geschnittene Jacke weckte in ihm die Frage, ob sie darunter noch mehr Seide oder bloß noch ihre Haut trug. Das Licht der Lampe neben der Tür glitzerte in dem Wasserfall aus blauen und weißen Steinen, die sie an ihren Ohren trug.

Die lässige Schmeichelei, die er für gewöhnlich so leicht verteilte, blieb ihm im Hals stecken. „Sie sind pünktlich fertig", brachte er hervor.

„Immer." Sie lächelte ihm zu. „Es ist wie ein Laster." Sie schloss hinter sich die Tür, ohne ihn nach drinnen zu bitten. Es erschien ihr so sicherer. Kurz darauf lehnte sie sich in der Limousine zurück und gelobte sich zu genießen. „Sind Sie immer auf diese Weise unterwegs?"

„Nein. Nur, wenn es passend erscheint."

Unfähig zu widerstehen, zog sie die Schuhe aus und ließ ihre Füße in dem tiefen zinnfarbenen Teppich versinken. „Ich würde immer damit fahren. Kein Kampf um Taxis und keine Hetze zur Subway."

„Aber man verpasst eine Menge Leben auf und unter den Straßen."

Sie wandte sich ihm zu. In seinem dunklen Anzug und der dezent gestreiften Krawatte wirkte er elegant und erfolgreich. Seine goldenen Manschettenknöpfe schimmerten an seinem weißen Hemd. „Sie wollen mir doch nicht sagen, dass Sie Subway fahren."

Er lächelte. „Wenn es passend erscheint. Sie glauben doch nicht, dass Geld als Isolierstoff gegen Realität benützt werden sollte?"

„Nein, nein, das glaube ich nicht." Sie war jedoch überrascht, dass er auch so dachte. „Genau genommen hatte ich nie genug Geld, um in Versuchung zu geraten, es auszuprobieren."

„Sie würden nicht in Versuchung kommen." Er gab sich damit zufrieden – oder versuchte es wenigstens -, mit ihren Haarspitzen zu spielen. „Sie hätten bei einem Dutzend Topbüros in die Privatpraxis gehen können, und zwar mit einem Gehalt, neben dem sich der Gehaltsscheck der Staatsanwaltschaft wie Taschengeld ausnimmt. Sie haben es nicht getan."

Sie tat es mit einem Schulterzucken ab. „Glauben Sie ja nicht, dass ich nicht manchmal an meinem eigenen Verstand zweifle." Weil sie unpersönlichere Themen für sicherer hielt, blickte sie aus dem Fenster. „Wohin fahren wir?"

„Zum Dinner."

„Freut mich zu hören, da ich das Mittagessen verpasst habe. Ich meinte, wo findet das Dinner statt?"

„Hier." Er ergriff ihre Hand, als die Limousine stoppte. Sie waren an den Stadtrand gefahren, in die Welt des alten Geldes und des Prestiges. Hier war der Verkehrslärm nur ein fernes Echo, und es duftete zart nach Rosen.

Deborah unterdrückte einen Ausruf, als sie auf den Bürgersteig trat. Sie hatte Fotos seines Zuhauses gesehen, doch es war etwas ganz anderes, davor zu stehen. Es ragte über der Straße auf und erstreckte sich über einen halben Block.

Das Gebäude war um die Jahrhundertwende von einem Philanthrop im gotischen Stil erbaut worden. Deborah hatte irgendwo gelesen, dass Gage es vor seiner Entlassung aus dem Krankenhaus gekauft habe.

Türme und Türmchen erhoben sich in den Himmel. Hohe Spitzbogenfenster glitzerten im Schein der langsam im Westen versinkenden Sonne. Balkone ragten hervor, schwangen sich um

Ecken. Das oberste Geschoss wurde von einer gewaltigen Glaskuppel dominiert, von der aus man die gesamte Stadt überblicken konnte.

„Wie ich sehe, nehmen Sie den Ausspruch wörtlich, dass das Heim eines Menschen seine Burg ist."

„Ich schätze Weitläufigkeit und Abgeschiedenheit. Ich habe aber den Burggraben noch aufgeschoben."

Lachend ging sie auf die geschnitzten Türen des Eingangs zu.

„Wünschen Sie eine Besichtigungstour, bevor wir essen?"

„Fragen Sie das im Ernst?" Sie hakte sich bei ihm unter. „Wo fangen wir an?"

Er führte sie durch gewundene Korridore, unter hoch angesetzten Decken in Räume, die sowohl gewaltig als auch drangvoll beengt waren. Und er konnte sich nicht daran erinnern, sein Zuhause jemals mehr genossen zu haben als jetzt, da er es durch ihre Augen sah.

Es gab eine über zwei Etagen reichende Bibliothek, voll mit Büchern, von Erstausgaben bis zu Taschenbüchern mit Eselsohren. Salons mit geschwungenen alten Sofas und zartem Porzellan. Ming-Vasen, Tang-Pferde, Lalique-Kristall und Töpferwaren der Maya. Die Wände waren in reichen, vollen Farben gehalten, unterbrochen von schimmerndem Holz und impressionistischen Gemälden.

Im Ostflügel war ein tropisches Gewächshaus untergebracht, ein überdachter Pool und eine voll ausgerüstete Sporthalle mit separatem Whirlpool und Sauna. Durch einen weiteren Korridor und eine geschwungene Treppe hinauf erreichte man Schlafzimmer mit Betten mit vier Pfosten oder reich geschnitzten Kopfteilen.

Deborah hörte auf, die Zimmer zu zählen.

Noch mehr Stufen, dann ein riesiges Büro mit einem schwarzen Marmorschreibtisch und einem breiten Fenster, das sich mit dem Sonnenuntergang rosig färbte. Computer, schweigend und wartend.

Ein Musikzimmer, komplett mit einem weißen Flügel und einer alten Wurlitzer Jukebox. Fast benommen trat sie in einen verspiegelten Ballsaal und starrte auf ihre vervielfältigte Reflexion. Über ihr erstrahlte ein Trio großartiger Lüster in verschwenderischem Licht.

„Es ist wie aus einem Film", murmelte sie. „Mir ist, als sollte ich einen Reifrock und eine gepuderte Perücke tragen."

„Nein." Er berührte erneut ihr Haar. „Ich finde, Sie sehen so genau richtig aus."

Impulsiv beschrieb sie drei Drehungen. „Es ist wirklich unglaublich. Verspüren Sie jemals den Drang, einfach in diesen Saal zu kommen und zu tanzen?"

„Bis jetzt nicht." Er überraschte sich selbst genauso wie sie, als er sie um die Taille fasste und sie zu einem Walzer herumschwenkte.

Sie hätte lachen sollen – hätte ihm einen amüsierten und flirtenden Blick zuwerfen und seine impulsive Geste als solche nehmen sollen. Aber sie konnte es nicht. Sie konnte nur in seine Augen starren, während er sie in dem verspiegelten Raum herumwirbelte.

Ihre Hand lag auf seiner Schulter, ihre andere Hand fest in der seinen gefangen. Ihre Schritte passten sich den seinen an, obwohl sie keinen Gedanken daran verschwendete. Sie fragte sich, ob er dieselbe Musik in seinem Kopf hörte wie sie.

Er hörte nichts als das ständige Geben und Nehmen ihres Atems. Nie in seinem Leben war er sich so vollständig, so ausschließlich einer Person bewusst gewesen. Wie ihre langen dunklen Wimpern ihre Augen umrahmten. Der Hauch von Bronze, den sie auf ihre Lider getupft hatte. Das helle, feuchte, rosige Lipgloss.

Wo seine Hand an ihrer Taille lag, war die Seide

warm von ihrem Körper. Und dieser Körper schien mit dem seinen zu schweben, jeden Schritt, jede Drehung im Voraus ahnend. Ihr Haar fächerte aus, weckte in ihm das Verlangen, seine Hände eintauchen zu lassen. Ihr Duft hüllte ihn ein, nur ganz leicht süß und äußerst verführerisch. Er fragte sich, ob er ihn schmecken könnte, wenn er seine Lippen an ihren schlanken weißen Hals drückte.

Sie sah die Veränderung in seinen Augen, wie sie tiefer und dunkler wurden, als das Verlangen in ihnen wuchs. Wie ihre Schritte sich den seinen anpassten, so tat es auch ihr Sehnen. Sie fühlte es wachsen und sich ausbreiten, als wäre es lebendig, bis ihr Körper davon vibrierte. Sie beugte sich ihm entgegen ...

Er blieb stehen. Einen Moment standen sie nur da, Dutzende und Dutzende Male reflektiert. Ein Mann und eine Frau in einer zögernden Umarmung, am Rande von etwas, das keiner von ihnen verstand.

Deborah bewegte sich zuerst, ein vorsichtiger halber Rückzugsschritt. Es war ihre Natur, sorgfältig nachzudenken, bevor sie irgendwelche Entscheidungen traf. Seine Hand umspannte die ihre fester. Irgendwie hatte sie das Gefühl, das wäre eine Warnung.

„Ich ... in meinem Kopf dreht sich alles!"

Sehr langsam glitt seine Hand von ihrer Taille, und die Umarmung war unterbrochen. „Dann sollte ich Sie lieber mit Nahrung versorgen."

„Ja." Sie brachte fast ein Lächeln zustande. „Das sollten Sie."

4. Kapitel

Sie aßen sautierte Shrimps, gewürzt mit Orangenblüten und Rosmarin. Obwohl Gage Deborah den gewaltigen Speisesaal mit seinen schweren Mahagoni-Anrichten gezeigt hatte, nahmen sie ihr Mahl in einem kleinen Salon vor einem Bogenfenster ein. Zwischen Schlucken von Champagner konnte sie den Sonnenuntergang über der Stadt beobachten. Auf dem Tisch zwischen ihnen standen zwei schlanke weiße Kerzen und eine einzelne rote Rose.

„Es ist schön hier", bemerkte Deborah. „Die Stadt. Man sieht alle ihre Möglichkeiten, aber keines ihrer Probleme."

„Manchmal hilft es, einen Schritt zurückzutun." Auch er blickte auf die Stadt hinaus, wandte sich dann ab. „Sonst können einem diese Probleme zu schaffen machen."

„Aber Sie sind sich der Probleme noch immer bewusst. Ich weiß, dass Sie eine Menge Geld für Obdachlose und Rehabilitationszentren und andere wohltätige Zwecke stiften."

„Es ist leicht, Geld zu verschenken, wenn man mehr hat, als man braucht."

„Das klingt zynisch."

„Realistisch." Sein Lächeln kam kühl und leicht. „Ich bin Geschäftsmann, Deborah. Spenden sind von der Steuer absetzbar."

Sie betrachtete ihn stirnrunzelnd. „Es wäre meiner Meinung nach sehr schade, wenn Menschen nur großzügig wären, weil sie einen Nutzen davon haben."

„Jetzt klingen Sie wie ein Idealist."

Gereizt tippte sie mit einem Finger gegen den Champagnerkelch. „Das ist das zweite Mal innerhalb von Tagen, dass Sie mir das vorhalten. Ich glaube nicht, dass mir das gefällt."

„Es war nicht als Beleidigung gedacht, nur als Beobachtung." Er blickte auf, als Frank mit Schokoladensoufflés hereinkam. „Wir brauchen heute Abend nichts mehr."

Der große Mann zuckte die Schultern. „Okay."

Deborah fiel auf, dass Frank sich mit der Anmut eines Tänzers bewegte, ein seltsames Talent bei einem dermaßen großen und massigen Mann. Nachdenklich tauchte sie einen Löffel in ihr Dessert. „Ist er Ihr Fahrer oder Ihr Butler?" fragte sie.

„Beides. Und keines davon." Er schenkte Wein nach. „Man könnte sagen, er ist ein Gefährte aus einem früheren Leben."

Fasziniert hob sie eine Augenbraue. „Und das bedeutet?"

„Er war ein Taschendieb, den ich als Cop ein-, zweimal verhaftete. Danach war er mein Spitzel. Jetzt ... er fährt meinen Wagen und geht an die Tür ... unter anderem."

Sie betrachtete Gages Finger an dem schlanken Kristallglas. „Schwer vorzustellen, dass Sie auf der Straße gearbeitet haben."

Er lächelte ihr zu. „Ja, vermutlich." Er beobachtete, wie das Kerzenlicht in ihren Augen flackerte. Letzte Nacht hatte er in ihnen die Reflexion von Feuer gesehen, von dem brennenden Gebäude und von ihren eigenen unterdrückten Begierden.

„Wie lange waren Sie Cop?"

„Eine Nacht zu lang", antwortete er gleichmütig und griff nach ihrer Hand. „Möchten Sie den Ausblick vom Dach sehen?"

„Ja, gern." Sie erhob sich vom Tisch und begriff, dass seine Vergangenheit ein geschlossenes Buch war.

Anstelle der Treppe nahm er mit ihr einen kleinen verglasten Aufzug.

„Aller Komfort", bemerkte sie, als die Fahrt nach oben begann. „Wundert mich, dass es hier nicht auch ein Burgverlies und Geheimgänge gibt."

„Aber die gibt es. Vielleicht zeige ich sie Ihnen ... ein anderes Mal."

Ein anderes Mal, dachte sie. Wollte sie, dass es ein anderes Mal gab? Es war sicher ein faszinierender Abend gewesen, auch ein herzlicher, abgesehen von diesem Moment der Spannung im Ballsaal. Doch trotz Gages makelloser Manieren fühlte sie etwas Ruheloses und Gefährliches unter seiner Oberfläche.

Genau das zog sie an, gab sie zu. Und genau das erzeugte ihr Unbehagen.

„Woran denken Sie?"

Sie entschied sich für absolute Ehrlichkeit. „Ich habe überlegt, wer Sie sind und ob ich lange genug in Ihrer Nähe sein möchte, um das herauszufinden."

Die Türen des Aufzugs glitten auf, aber Gage blieb, wo er war. „Und möchten Sie?"

„Ich bin mir nicht sicher." Sie trat in das höchste Türmchen des Gebäudes hinaus. Mit einem überraschten und begeisterten Ausruf ging sie an die weite Wölbung des Glases heran. Die Sonne war untergegangen, und die Stadt bestand aus Licht und Dunkelheit. „Spektakulär!" Sie wandte sich ihm lächelnd zu. „Einfach spektakulär."

„Es wird noch besser." Er drückte einen Knopf

an der Wand. Lautlos, magisch teilte sich das gewölbte Glas. Gage ergriff Deborahs Hand und führte sie auf den steinernen Balkon hinaus.

Sie legte die Hände auf die Steinbrüstung und lehnte sich dem heißen Wind entgegen. „Man sieht die Bäume im City Park und den Fluss." Ungeduldig strich sie ihr wehendes Haar aus den Augen. „Die Häuser sehen oft so schön mit eingeschalteten Lichtern aus." In der Ferne sah sie die funkelnden Lichter der Dover Heights Hängebrücke. Sie schlangen sich wie eine Halskette aus Diamanten durch die Dunkelheit.

„In der Morgendämmerung, wenn es klar ist, sind die Häuser grau und rosa. Und die Sonne verwandelt alles Glas in Feuer."

Sie sah ihn an, und die Stadt verblasste. „Haben Sie deshalb das Haus gekauft? Wegen des Ausblicks?"

„Ich wuchs ein paar Blocks von hier entfernt auf. Wenn wir in den Park gingen, zeigte meine Tante es mir. Sie liebte dieses Haus. Sie war als Kind hier auf Partys gewesen – sie und meine Mutter. Die beiden waren von Kindheit an Freundinnen gewesen. Ich war das einzige Kind für meine Eltern und dann für meine Tante und meinen Onkel. Als ich zurückkam und erfuhr, dass sie nicht mehr waren ... nun, zuerst konnte ich an nicht viel denken. Dann begann ich, an dieses Haus zu denken. Es erschien mir richtig, dass ich es übernehme und darin lebe."

Sie legte die Hand auf die seine auf der Brüstung. "Es gibt nichts Schwereres, als Menschen zu verlieren, die man liebt und braucht, nicht wahr?"

"Nein." Als er sie anblickte, sah er, dass ihre Augen von ihren eigenen Erinnerungen und von Mitgefühl für die seinen dunkel schimmerten. Er legte die Hand an ihr Gesicht, strich ihr Haar mit den Fingern zurück und schmiegte die Handfläche an ihre Wange. Ihre Hand berührte bebend sein Handgelenk. Ihre Stimme klang genauso unsicher.

"Ich sollte gehen."

"Ja, das sollten Sie." Doch er behielt seine Hand an ihrem Gesicht, seine Augen auf die ihren gerichtet, während er ihren Körper zwischen dem seinen und der Steinbrüstung gefangen nahm. Seine freie Hand glitt sanft über ihren Hals höher und schmiegte sich an ihre Wange. "Hat es Sie jemals dazu getrieben, einen Schritt zu tun, von dem Sie wussten, dass er ein Fehler war? Sie wussten es und konnten dennoch nicht aufhören?"

Ein Nebel legte sich auf ihre Gedanken, und sie schüttelte den Kopf, um ihn zu klären. "Ich ... nein.

Nein, ich will keine Fehler begehen." Doch sie wusste bereits, dass sie dabei war, einen zu begehen. Seine Handflächen fühlten sich rau und warm auf ihrer Haut an. Seine Augen waren so dunkel, so intensiv. Für einen Moment blinzelte sie, als sie von einer starken Déjà-vu-Empfindung beschlichen wurde.

Aber sie war nie zuvor hier gewesen, versicherte sie sich selbst, während seine Daumen über die empfindsame Haut unter ihrem Kinn strichen.

„Auch ich will keine Fehler begehen."

Sie schloss seufzend die Augen, aber er strich bloß mit seinen Lippen über die Stirn. Die leichte Berührung jagte einen Schauer durch sie. In der heißen Nacht fröstelte sie, während sein Mund sachte über ihre Schläfe strich.

„Ich will dich." Gages Stimme klang rau und angespannt, während seine Finger sich in ihr Haar schoben. Deborahs Augen waren wieder offen, groß und bewusst. In seinen Augen konnte sie leicht reizbares Verlangen erkennen. „Ich kann kaum atmen, so sehr will ich dich. Du bist mein Fehler, Deborah. Der eine Fehler, von dem ich nie gedacht hätte, dass ich ihn begehen würde."

Sein Mund senkte sich auf ihren, hart und hungrig, ohne die aufreizende Verführung, die sie erwartet hatte und der sie hatte widerstehen wollen. Da war nichts mehr von dem glatten und weltgewandten Mann, mit dem sie diniert hatte. Dies war der wagemutige und gefährliche Mann, auf den sie bisher nur kurze Blicke hatte werfen können.

Er erschreckte sie. Er faszinierte sie. Er verführte sie.

Ohne Zögern, ohne Vorsicht, ohne Nachdenken reagierte sie, setzte seiner Macht ihre Macht entgegen und seinem Verlangen ihr Verlangen.

Sie fühlte nicht die harte Steinbrüstung im Rücken, nur Gages harten Körper, der sich gegen sie presste. Sie schmeckte den Wein auf seiner Zunge und etwas Dunkleres – den Geschmack von kaum zurückgehaltener Leidenschaft. Mit einem lustvollen Stöhnen zog sie ihn näher, bis sie sein Herz an ihrem schlagen fühlte. Schlag um Schlag.

Sie war mehr, als er sich erträumt hatte. Seide und Duft. Ihr erhitzter Mund gab erst dem seinen nach, forderte dann. Ihre Hände glitten unter sein Jackett, ihre Finger spannten sich an, während sie den Kopf in aufreizender Ergebenheit, die ihn zum Wahnsinn trieb, weit nach hinten beugte.

Eine Ader pochte an ihrem Hals und verlockte ihn, seine Lippen darauf zu drücken und die glatte Haut, den neuen Geschmack zu erforschen, ehe er seinen Mund zu ihren Lippen zurücklenkte. Mit seinen Zähnen knabberte er, mit seiner Zunge besänftigte er, trieb sie beide näher und näher an die Grenze der Vernunft. Er atmete ihr Aufstöhnen ein, als er mit seinen Händen über sie strich, tiefer, suchend, bedeckend, anschmiegend.

Er fühlte ihren Schauer, dann seinen eigenen, ehe er sich dazu zwang, nach einer letzten dünnen Leine der Kontrolle zu greifen. Sehr vorsichtig, wie ein Mann, der von einem steilen Abgrund zurückweicht, zog er sich von ihr zurück. Er atmete tief durch, ging einen Schritt weg von ihr.

Benommen hob Deborah eine Hand an ihre Schläfe. Sie rang nach Luft, während sie Gage anstarrte. Was für eine Macht besaß er, dass er sie von einer vernünftigen Frau in ein vor Verlangen zitterndes Bündel verwandeln konnte?

Sie wandte sich ab, beugte sich über die Brüstung und atmete tief ein, als wäre die Luft Wasser und sie würde vor Durst sterben. „Ich glaube nicht, dass ich schon für Sie bereit bin", brachte sie nach einer Weile hervor.

„Nein. Ich glaube auch nicht, dass ich für Sie bereit bin. Aber es wird keine Umkehr geben."

Sie schüttelte den Kopf. Ihre Handflächen pressten sich so hart gegen die Brüstung, dass der

Stein in ihre Haut einschnitt. „Ich muss darüber nachdenken."

„Sobald man um bestimmte Ecken gebogen ist, kann man nur noch vorwärts gehen."

Ruhiger drehte sie sich wieder zu ihm um. Es war Zeit, höchste Zeit, die Grundregeln zu erstellen. Für sie beide. „Gage, ganz gleich, welcher Eindruck jetzt entstanden sein mag, ich habe keine Affären mit Männern, die ich kaum kenne."

„Gut." Auch er war ruhiger. Seine Entscheidung stand fest. „Wenn wir unsere Affäre haben, möchte ich, dass sie exklusiv ist."

Ihre Stimme wurde eisig. „Ich habe mich offenbar nicht klar ausgedrückt. Ich habe noch nicht entschieden, ob ich eine Beziehung mit Ihnen will, und ich bin noch absolut nicht sicher, ob ich will, dass diese Beziehung im Bett endet."

„Sie haben eine Beziehung mit mir." Er legte die Hand in ihren Nacken, ehe sie ausweichen konnte. „Und wir wollen beide, dass diese Beziehung im Bett fortgesetzt wird."

Sehr betont zog sie seine Hand weg. „Mir ist klar, dass Sie an Frauen gewöhnt sind, die Ihnen willig zu Füßen sinken. Ich habe nicht die Absicht, mich der Herde anzuschließen. Ich treffe meine eigenen Entscheidungen."

„Soll ich Sie noch einmal küssen?"

„Nein." Sie hob die Hand und legte sie fest gegen seine Brust. Für einen Moment erinnerte sie sich daran, wie sie so dagestanden hatte – mit einem Mann namens Nemesis. Der Vergleich traf sie hart. „Nein. Es war ein schöner Abend, Gage." Sie holte tief Luft. „Ich meine es ernst. Ich habe die Gesellschaft genossen, das Dinner und ... und den Ausblick."

Etwas flackerte in seinen Augen. „Es gibt so etwas wie Bestimmung, Deborah. Ich hatte viel Zeit, um darüber nachzudenken und mich damit abzufinden." Seine Brauen zogen sich zusammen, während er sie betrachtete. „Der Himmel möge uns beiden beistehen, aber du bist ein Teil von mir." Er nahm ihre Hand in seine. „Ich bringe dich nach Hause."

Stöhnend und die Augen fest geschlossen, tastete Deborah nach dem schrillenden Telefon auf ihrem Nachttischchen. Sie warf ein Buch, einen Messingkerzenhalter und ein Notizbuch hinunter, bevor es ihr gelang, den Hörer zu schnappen und unter das Kissen zu ziehen.

„Hallo?"

„O'Roarke?"

Sie räusperte sich. „Ja."

„Mitchell hier. Wir haben ein Problem."

„Ein Problem?" Sie schob das Kissen von ihrem Kopf und blinzelte auf ihren Wecker. Das einzige Problem, das sie sehen konnte, war, dass ihr Boss sie um 6.15 Uhr morgens anrief.

„Es geht um Parino."

„Parino?" Sie rieb sich mit der Hand über das Gesicht und kämpfte sich zum Sitzen hoch. „Was ist mit ihm?"

„Er ist tot."

„Tot?" Sie schüttelte den Kopf, um ihr benommenes Gehirn zu klären. „Was meinen Sie mit ‚Er ist tot'?"

„Tot wie ein Sargnagel", antwortete Mitchell knapp. „Ein Wächter hat ihn vor ungefähr einer halben Stunde gefunden."

Jetzt war sie nicht mehr benommen, sondern saß kerzengerade da, und ihre Gedanken rasten. „Aber ... aber wie?"

„Erstochen. Sieht so aus, als wäre er ans Gitter getreten, um mit jemandem zu sprechen, und dieser Jemand hat ihm ein Stilett ins Herz gestochen."

„Oh Himmel."

„Niemand hat etwas gehört oder gesehen", fuhr

Mitchell gereizt fort. „Am Gitter war ein Zettel befestigt. ‚Tote Vögel singen nicht'."

„Jemand hat durchsickern lassen, dass er uns Informationen liefern wollte."

„Und Sie können darauf wetten, dass ich herausfinde, wer das war. Hören Sie, O'Roarke, wir können die Presse in dieser Sache nicht zum Schweigen bringen. Ich dachte, Sie wollten es lieber von mir hören als aus den Nachrichten bei Ihrem Morgenkaffee."

„Ja." Sie drückte eine Hand auf ihren flauen Magen. „Ja, danke. Was ist mit Santiago?"

„Bisher nichts. Wir haben Fühler ausgestreckt, aber wenn er untergetaucht ist, könnte es eine Weile dauern, bis wir ihn ausgraben."

„Sie werden auch hinter ihm her sein", sagte sie ruhig. „Wer immer dafür gesorgt hat, dass Parino ermordet wird, wird auch hinter Ray Santiago her sein."

„Dann müssen wir ihn eben als Erste finden."

„Ich werde damit fertig."

„Habe mir nie was anderes gedacht."

Deborah legte auf und starrte blicklos ins Leere, bis ihr Wecker um halb sieben losging. Das würde ein hektischer Tag werden.

Tropfend und fluchend jagte Deborah am anderen Morgen zur Tür. Klopfen um 6.45 Uhr morgens war gleichbedeutend mit Anrufen um drei Uhr nachts. Es bedeutete Ärger. Als sie die Tür öffnete und Gage vorfand, wusste sie, dass ihr Instinkt sie nicht getrogen hatte.

„Warst du unter der Dusche?" fragte er.

Sie fuhr sich ungeduldig durch das nasse Haar. „Ja. Was willst du?"

„Frühstück." Ohne auf eine Einladung zu warten, schlenderte er herein. „Sehr hübsch."

Sie hatte das cremige Weiß von Elfenbein mit Farbeffekten – Smaragd, Karmesin, Saphir – im Bezug des niedrigen Sofas und in den Läufern auf dem Holzfußboden aufgelockert. Er bemerkte auch, dass sie eine nasse Spur auf diesem Boden hinterlassen hatte.

„Sieht so aus, als wäre ich fünf Minuten zu früh gekommen."

Sie bemerkte, dass der Gürtel ihres Bademantels lose war, und zerrte ihn fest. „Nein, bist du nicht, weil du überhaupt nicht hier sein solltest. Jetzt ..."

Er unterbrach sie mit einem langen, harten Kuss. „Mmm, du bist noch immer nass."

Es überraschte sie, dass das Wasser nicht auf ihr

verdampfte. „Sieh mal, ich habe keine Zeit. Ich muss vor Gericht ..."

„In zwei Stunden." Er nickte. „Reichlich Zeit für Frühstück."

„Wenn du denkst, dass ich dir Frühstück mache, steht dir eine Enttäuschung bevor."

„Daran würde ich nicht einmal im Traum denken." Er ließ seinen Blick über ihren kurzen seidigen Bademantel gleiten. Diese Umarmung hatte ihm schmerzlich klar gemacht, dass sie sonst nichts trug. „Ich mag dich in Blau. Du solltest immer Blau tragen."

„Ich schätze den modischen Tip, aber ..." Sie brach ab, als es erneut klopfte.

„Ich gehe hin", bot er an.

„Ich kann selbst meine Tür öffnen." Ihre Nerven begannen nachzugeben, während sie an die Tür tappte. Sie war morgens nie auf der Höhe, nicht einmal, wenn sie es nur mit sich selbst zu tun hatte. „Ich möchte wissen, wer draußen ein Schild aufgehängt hat, dass ich heute morgen offenes Haus habe." Sie riss die Tür auf und wurde von einem Kellner im weißen Jackett konfrontiert, der einen gewaltigen Servierwagen schob.

„Ah, das muss das Frühstück sein. Zum Fenster." Gage winkte den Kellner herein. „Die Lady schätzt den Ausblick."

„Ja, Sir."

Deborah stemmte die Hände in die Hüften. Es war schwierig, vor sieben Uhr morgens einen festen Standpunkt zu beziehen, aber es musste sein. „Gage, ich weiß nicht, worauf du hinauswillst, aber das klappt nicht. Ich habe versucht, meinen Standpunkt klar zu machen, und in diesem Moment habe ich weder die Zeit noch die Absicht ... Ist das Kaffee?"

„Ja." Lächelnd hob Gage eine große Silberkanne hoch und schenkte eine Tasse ein. Der Duft verführte Deborah. „Möchtest du?"

Sie zog einen Schmollmund. „Vielleicht."

„Dir sollte diese Mischung schmecken." Er kam zu ihr und hielt ihr die Tasse unter die Nase. „Eine meiner Lieblingsmischungen."

Sie nippte, schloss die Augen. „Du spielst nicht fair."

„Nein."

Sie öffnete die Augen und sah dem Kellner zu. „Was gibt es noch?"

„Rührei, gegrillten Schinken, Croissants, Orangensaft – frisch, natürlich."

„Natürlich." Sie hoffte, nicht zu sabbern.

„Himbeeren und Schlagsahne."

„Oh." Sie faltete die Zunge einmal in ihrem Mund zusammen, damit sie nicht heraushing.

„Möchtest du Platz nehmen?"

Ich bin keine schwache Frau, versicherte sich Deborah. Aber volle und herrliche Düfte erfüllten ihr Wohnzimmer. Sie gab auf und setzte sich auf einen der Stühle, die der Kellner an den Tisch gerückt hatte.

Gage steckte dem Kellner einen Geldschein zu und wies ihn an, das Geschirr in einer Stunde zu holen.

„Ich sollte wohl fragen, was das alles zu bedeuten hat."

„Ich wollte sehen, wie du morgens aussiehst." Er schenkte Saft aus einem Kristallkrug ein. „Das erschien mir die beste Methode. Vorerst ..." Er prostete ihr mit seiner Tasse zu, während seine Augen auf ihrem Gesicht ruhten. „Du bist schön."

„Und du bist bezaubernd." Sie berührte die Blütenblätter der roten Rose neben ihrem Teller. „Aber das ändert gar nichts." Nachdenklich tippte sie mit dem Finger auf das pfirsichfarbene Tischtuch. „Allerdings sehe ich keinen Grund, warum dieses ganze Essen verderben sollte."

„Du bist eine praktisch denkende Frau." Darauf

hatte er gezählt. „Das ist eines der Dinge, die ich an dir am anziehendsten finde."

„Was sollte anziehend daran sein, wenn man praktisch ist?" Sie schnitt ein kleines Stückchen Schinken ab und schob es zwischen die Lippen. Ihre Magenmuskeln spannten sich an.

„Es kann ... sehr attraktiv sein."

Sie bemühte sich nach Kräften, das Prickeln zu ignorieren, das sich in ihr ausbreitete, und sich auf eine sichere Art von Hunger zu konzentrieren. „Frühstückst du immer so extravagant?"

„Wenn es angemessen erscheint." Er legte seine Hand auf die ihre. „Du hast Ringe unter den Augen. Hast du nicht gut geschlafen?"

Sie dachte an die lange und ruhelose Nacht, die hinter ihr lag. „Nein."

„Möchtest du darüber sprechen?"

„Nein." Vorsichtig zog sie ihre Hand zurück.

Er genoss dieses Katz-und-Maus-Spiel. „Du arbeitest zu hart."

„Ich tue, was ich tun muss. Was ist mit dir? Ich weiß eigentlich gar nicht, was du machst."

„Kaufen und verkaufen, zu Besprechungen gehen, Berichte lesen."

„Bestimmt ist es wesentlich komplizierter."

„Und oftmals wesentlich langweiliger."

„Das kann ich kaum glauben."

Dampf und Duft stiegen auf, als er ein luftiges Croissant aufbrach. „Ich baue etwas, kaufe etwas."

Sie ließ sich nicht so leicht abspeisen. „Was zum Beispiel?"

Er lächelte sie an. „Mir gehört dieses Gebäude."

„Trojan Enterprises gehört dieses Gebäude."

„Richtig. Ich besitze Trojan."

„Oh."

Ihre Reaktion freute ihn. „Das meiste Guthrie-Geld kam aus Immobilien, und sie sind auch jetzt noch die Basis. Wir haben allerdings in den letzten zehn Jahren ziemlich gestreut. Ein Zweig beschäftigt sich mit Transport, ein Teil mit Bergbau, ein weiterer mit Herstellung."

„Verstehe." Er ist kein durchschnittlicher Mann, dachte sie. Aber in letzter Zeit wurde sie offenbar auch nicht von durchschnittlichen Männern angezogen.

Er bot ihr einen Löffel voll Sahne mit Beeren an.

Deborah ließ die Früchte eine Weile auf ihrer Zunge ruhen.

„Du bist sehr reizvoll, wenn du traurig bist, Deborah." Gage strich mit einem Finger über ihren Handrücken. „Sogar unwiderstehlich."

„Ich bin nicht traurig."

„Du bist unwiderstehlich."

„Fang nicht so an." Sie schenkte umständlich Kaffee nach. „Kann ich dir eine geschäftliche Frage stellen?"

„Sicher."

„Wenn der Eigentümer oder die Eigentümer einer bestimmten Liegenschaft nicht wollen, dass ihr Eigentumsanspruch bekannt wird, können sie ihn verbergen?"

„Leicht. Man vergräbt ihn unter Firmen, die nur auf dem Papier bestehen, und unter verschiedenen Steuernummern. Eine Firma besitzt eine andere, wieder einer anderen gehört diese Firma, und so weiter. Warum?"

Sie beugte sich vor und tat seine Frage ab. „Wie schwierig ist es, den tatsächlichen Eigentümer aufzuspüren?"

„Das käme darauf an, wie viel Mühe er sich gemacht hat und welche Gründe er hat, seinen Namen aus den Büchern fern zu halten."

„Wenn man entschlossen und geduldig genug ist, lässt sich dieser Name finden?"

„Irgendwann. Wenn du den gemeinsamen Angelpunkt findest."

„Den gemeinsamen Angelpunkt?"

„Einen Namen, eine Zahl, einen Ort. Etwas,

das immer wieder auftaucht." Er wäre über ihre Fragen beunruhigt gewesen, wäre er ihr nicht bereits einen Schritt voraus gewesen. Dennoch war es besser, vorsichtig zu sein. „Worauf willst du hinaus?"

„Meine Arbeit."

Sehr vorsichtig stellte er seine Tasse zurück auf die Untertasse. „Hat es etwas mit Parino zu tun?"

Ihr Blick wurde scharf. „Was weißt du über Parino?"

„Ich habe noch immer Kontakte zum Fünfundzwanzigsten Revier." Dann fügte er äußerst ruhig hinzu: „Das ist übrigens ein Fall, an dem du überhaupt nicht arbeiten solltest."

„Wie bitte?" Ihr Ton sank um zwanzig Grad ab.

„Es ist gefährlich. Die Männer, die Parino ermordet haben, sind gefährlich. Du hast keine Ahnung, womit du da spielst."

„Ich spiele nicht."

„Nein und die auch nicht. Sie sind alle gut geschützt und bestens informiert. Sie kennen deinen nächsten Zug noch vor dir." Seine Augen verdüsterten sich, der Blick schien sich nach innen zu wenden. „Wenn sie dich als Hindernis betrachten, werden sie dich beseitigen – sehr schnell, sehr endgültig."

„Woher weißt du so viel über die Männer, die Parino umgebracht haben?"

„Ich war Cop, schon vergessen? Du solltest mit dieser Sache nichts zu tun haben. Ich möchte, dass du den Fall jemand anderem übergibst."

„Das ist lächerlich."

Er packte ihre Hand, bevor sie aufspringen konnte. „Ich will nicht, dass dir etwas zustößt."

„Ich wünschte, die Leute würden aufhören, das ständig zu mir zu sagen." Sie entzog ihm die Hand und stand auf. „Das ist mein Fall, und es bleibt auch meiner."

„Ehrgeiz ist auch ein attraktiver Charakterzug, Deborah, sofern du dich nicht davon blenden lässt."

Sie wandte sich langsam und zornig an ihn. „Na schön, ein Teil davon ist Ehrgeiz. Doch das ist nicht alles, nicht annähernd. Ich glaube an das, was ich mache, Gage, und an meine Fähigkeit, es gut zu machen. Es begann mit einem Jungen namens Rico Mendez. Er war keine Stütze der Gemeinde. Er war ein Dieb, der schon gesessen hatte. Aber er wurde über den Haufen geschossen, während er an einer Straßenecke stand. Weil er zu der falschen Gang gehörte, die falschen Farben trug. Dann wurde sein Mörder ermordet, weil er mit mir sprach.

Weil ich einen Handel mit ihm abschloss. Wann sagen wir, dass es nicht mehr akzeptabel ist und dass wir die Verantwortung übernehmen und es ändern?"

Er stand auf und kam zu ihr. „Ich zweifle nicht an deiner Integrität, Deborah."

„Nur an meiner Urteilskraft?"

„Ja – und an meiner eigenen." Seine Hände glitten in den Ärmeln ihres Morgenmantels hoch. „Du bedeutest mir etwas."

„Ich denke nicht ..."

„Nein, nicht. Nicht denken. Bitte nicht denken. Für einen Moment ..." Er verschloss ihren Mund mit dem seinen, und seine Finger umspannten ihre Arme, als er sie an sich zog.

Blitzartige Hitze, blitzartiges Verlangen. Wie sollte sie dagegen ankämpfen? Sein Körper war so fest an dem ihren, seine Lippen waren so geschickt. Und sie fühlte die Wellen, nicht nur von Verlangen, sondern von etwas Tieferem und Wahrhaftigerem, die von ihm auf sie überflossen. Als wäre er bereits in ihr ...

Sie war alles. Wenn er sie festhielt, fragte er nicht nach der Macht, mit der sie seinen Verstand gleichzeitig leer fegen und erfüllen, seinen Hunger gleichzeitig stillen und wecken konnte. Sie machte ihn stark; sie ließ ihn schwach zurück. Mit ihr begann er fast wieder an Wunder zu glauben.

Als er zurückwich, lagen seine Hände noch immer an ihren Armen. Sie kämpfte um ihr Gleichgewicht. Wie konnte er das jedes Mal mit einer bloßen Berührung mit ihr anstellen?

„Ich bin nicht bereit dafür", brachte sie hervor.

„Ich auch nicht, aber ich glaube, das spielt keine Rolle." Er zog sie wieder eng an sich. „Ich will dich heute Abend sehen." Er presste seinen Mund auf den ihren. „Ich möchte heute Abend mit dir zusammen sein."

„Nein, ich kann nicht." Sie konnte kaum atmen.

Er unterdrückte eine Verwünschung. „Keiner von uns kann mehr entkommen."

„Nein." Er hatte Recht. „Aber ich brauche Zeit. Dräng mich nicht."

„Vielleicht muss ich es tun." Er wandte sich zur Tür, blieb jedoch mit der Hand auf dem Knauf stehen. „Deborah, gibt es einen anderen?"

Sie wollte es abstreiten, musste jedoch ehrlich zu ihm sein. „Ich weiß es nicht."

Er nickte und schloss hinter sich die Tür. Mit bitterer Ironie stellte er fest, dass er mit sich selbst im Wettstreit lag. Aber wer würde gewinnen?

5. Kapitel

Deborah arbeitete in dieser Nacht noch spät in ihrem Schlafzimmer, als das Telefon klingelte. „Hallo?"

„O'Roarke? Deborah O'Roarke?"

„Ja, wer spricht?"

„Santiago."

Sie war augenblicklich hellwach und griff nach einem Stift. „Mr. Santiago, wir haben Sie gesucht."

„Ja, ich weiß."

„Ich möchte unbedingt mit Ihnen sprechen. Die Staatsanwaltschaft ist bereit, Ihnen Zusammenarbeit und Schutz zu bieten."

„Wie Parino ihn gekriegt hat?"

Sie unterdrückte ihr Schuldgefühl. „Bei uns sind Sie sicherer als auf sich alleine gestellt."

„Vielleicht." Angst schwang in seiner Stimme. Gepresst. Nervös.

„Ich spreche mit Ihnen, wann immer Sie in mein Büro kommen wollen."

„Ausgeschlossen. Ich gehe nirgendwohin. Die hätten mich, bevor ich zwei Querstraßen weit gegangen bin." Seine Worte überstürzten sich. „Sie kommen zu mir. Hören Sie, ich habe mehr, als Parino hatte. Viel mehr. Ich habe Namen, Papiere.

Wenn Sie was hören wollen, Schwester, kommen Sie zu mir."

„In Ordnung. Ich habe die Polizei ..."

„Keine Cops!" Seine Stimme wurde böse vor Angst. „Keine Cops, sonst gibt es keinen Handel. Sie kommen ... und Sie kommen allein. Das wärs."

„Wir machen es, wie Sie es wollen. Wann?"

„Jetzt, jetzt gleich. Ich bin im Darcy Hotel, 38 East 167th. Zimmer 27."

„Geben Sie mir zwanzig Minuten."

„Wollen Sie wirklich hierhin?" fragte der Taxifahrer.

Deborah blickte durch den dichten Regen auf die heruntergekommenen Häuser und die verlassene Straße. „Ja. Wahrscheinlich kann ich Sie nicht dazu bringen zu warten."

„Nein, Ma'am."

Sie gab ihm sein Geld, holte tief Luft und rannte durch den Regen zum Eingang.

In der Hotelhalle blieb sie triefend stehen. Das Pult der Rezeption war verlassen und von einem rostigen Gitter gesichert. Es roch nach Schweiß und Abfall und Schlimmerem. Sie wandte sich ab und stieg die Treppe hinauf.

Ein Baby schrie. Der jammervolle Ton rollte

durch das Graffiti-verschmierte Treppenhaus herunter. Deborah sah etwas Kleines an ihrem Fuß vorbeihuschen und in einer Mauerritze verschwinden. Schaudernd ging sie weiter nach oben.

Sie hörte einen Mann und eine Frau böse streiten. Als sie im ersten Stock auf den Korridor bog, öffnete sich knarrend eine Tür. Sie sah kleine, verängstigte Augen, bevor die Tür sich wieder schloss und eine Kette sich rasselnd vorlegte.

Ihre Füße knirschten über zerbrochenes Glas, das einst zur Deckenbeleuchtung gehört hatte. Vom Ende der Halle hörte sie das Kreischen der Reifen einer Verfolgungsjagd im Fernsehen. Blitze zuckten vor den Fenstern, als über ihr das Gewitter losbrach.

Vor Zimmer 27 blieb sie stehen. Der laute Fernseher dröhnte hinter der Tür. Sie hob die Hand und klopfte hart.

„Mr. Santiago!"

Als sie keine Antwort erhielt, klopfte und rief sie noch einmal. Vorsichtig probierte sie den Türknauf. Die Tür schwang leicht auf.

Im flackernden grauen Licht des Fernsehers sah sie ein voll gestelltes Zimmer mit einem schmierigen Fenster. Haufen von Kleidern und Müll lagen herum. In der Kommode fehlte eine Schublade. Es stank nach abgestandenem Bier und verdorbenem Essen.

Sie sah die Gestalt auf dem Bett und fluchte. Sie würde nicht nur das Vergnügen haben, eine Befragung in diesem Sumpfloch durchzuführen, sondern sie würde zuerst auch noch ihren Zeugen ausnüchtern müssen.

Verärgert schaltete sie den Fernseher aus, so dass nur noch der trommelnde Regen und die Schreie des Streits in dem anderen Zimmer zu hören waren. Sie entdeckte ein fleckiges Waschbecken, das an die Wand geschraubt war und von dessen Porzellanschüssel ein Teil fehlte. Wäre praktisch gewesen, wenn sie Santiagos Kopf hätte unter Wasser halten können.

„Mr. Santiago." Sie durchquerte den Raum und versuchte, den fettigen Essensverpackungen und dem verschütteten Bier auszuweichen. „Ray." Sie wollte ihn schon an der Schulter rütteln, als sie bemerkte, dass seine Augen offen waren. „Ich bin Deborah O'Roarke", begann sie. Dann erkannte sie, dass er sie nicht ansah. Er sah gar nichts.

Sie hob die zitternde Hand, starrte auf das Blut daran.

„Oh nein ..." Sie trat taumelnd einen Schritt zurück und kämpfte gegen die heiße Übelkeit, die ihren Magen zusammenkrampfte. Sie drehte sich um und prallte fast mit einem kleinen, gut gebauten Mann mit Schnurrbart zusammen.

„Señorita", sagte er ruhig.

„Die Polizei", stieß sie hervor. „Wir müssen die Polizei rufen. Er ist tot."

„Ich weiß." Er lächelte. Sie sah das Glitzern von Gold in seinem Mund. Und das silbrige Glitzern, als er das Stilett hob. „Miss O'Roarke, ich habe auf Sie gewartet."

Er packte sie an den Haaren, als sie einen Satz zur Tür machte. Sie schrie schmerzlich auf. Dann war sie still, tödlich still, als sie das scharfe Messer an ihrer Kehle fühlte.

„Niemand achtet in einem solchen Haus auf Schreie", sagte er, und die Sanftheit in seiner Stimme ließ sie schaudern, als er sie zu sich herumdrehte. „Sie sind sehr schön, Señorita. Was wäre es doch für ein Jammer, diese Wange zu beschädigen." Er beobachtete sie, während er die Messerklinge dagegen drückte. „Sie werden mir sagen, por favor, was Parino mit Ihnen besprochen hat vor seinem ... Unfall. Alle Namen, alle Details. Und mit wem Sie diese Information geteilt haben."

Sie kämpfte darum, durch ihr Entsetzen hindurch zu denken. Sie blickte in seine Augen, und sie erkannte ihr Schicksal. „Sie werden mich auf jeden Fall umbringen."

Er lächelte erneut. „Klug und schön. Aber es gibt verschiedene Methoden. Manche sind sehr langsam, sehr schmerzhaft." Er ließ die Klinge leicht an ihrer Wange heruntergleiten. „Sie werden mir erzählen, was ich wissen muss."

Sie hatte keine Namen, nichts, was sie eintauschen konnte. Sie hatte nur ihren Verstand. „Ich habe alles aufgeschrieben und weggeschlossen."

„Und mit wem haben Sie darüber gesprochen?"

„Mit keinem." Sie schluckte. „Ich habe mit keinem gesprochen."

Er betrachtete sie einen Moment und wirbelte sein Stilett herum. „Ich glaube, Sie lügen. Vielleicht wollen Sie mit mir zusammenarbeiten, nachdem ich Ihnen gezeigt habe, was ich mit dem hier machen kann. Ah, diese Wange! Wie Satin. Was für ein Jammer, dass ich sie zerschneiden muss."

Noch während sie sich wappnete, zuckte ein Blitz. Fensterglas barst.

Er war da, ganz in Schwarz, beleuchtet von einem weiteren Blitz. Diesmal ließ der Donner den Raum erbeben. Bevor Deborah auch nur atmen konnte, war das Messer an ihrer Kehle, und ein kräftiger Arm schlang sich um ihre Taille.

„Komm näher", warnte der Mann mit dem Stilett, „und ich schlitze ihr die Kehle von einem Ohr zum anderen auf."

Nemesis rührte sich nicht von der Stelle. Er sah sie nicht an. Wagte es nicht. Doch mit seinem geistigen Auge konnte er sie sehen, ihr vor Angst bleiches Gesicht. Ihre vor Entsetzen glasigen Augen. War es ihre Angst oder seine eigene, die seine Konzentration gestört und verhindert hatte, dass er den Raum unbemerkt betrat? Wenn er sich jetzt auf seine Fähigkeit besinnen konnte, würde das eine wirksame Waffe sein oder nur verursachen, dass das Stilett traf, bevor er handeln konnte? Er war nicht schnell genug gewesen, um sie zu retten. Jetzt musste er klug genug sein.

„Wenn du sie tötest, verlierst du deinen Schild."

„Ein Risiko, das wir beide eingehen. Nicht näher!" Er drückte die Klinge fester gegen ihre Kehle, bis Deborah wimmerte.

Jetzt kannte er keine Angst, nur Wut. „Wenn du sie verletzt, stelle ich Sachen mit dir an, die du dir nicht einmal in deinen schlimmsten Albträumen ausmalen kannst."

Dann sah er das Gesicht, den vollen, geschwungenen Schnurrbart, das Glänzen von Gold. Er war wieder auf den Docks mit dem Gestank nach Fisch und Abfällen, dem Geräusch von klatschendem Wasser. Er fühlte die heiße Explosion in seiner Brust und wäre um ein Haar gestolpert.

„Ich kenne dich, Montega." Seine Stimme war leise, barsch.

„Dann hast du mich also gefunden. Leg deine Waffe weg."

„Ich habe keine Waffe", sagte Nemesis und hielt die Hände seitlich von sich. „Ich brauche keine."

„Dann bist du ein Narr." Montega löste den Arm von Deborahs Taille und schob die Hand in seine Tasche. Als der Schuss krachte, warf Nemesis sich zur Seite.

Es geschah alles so schnell. Hinterher wusste Deborah nicht mehr mit Sicherheit, wer sich zuerst bewegt hatte. Sie sah die Kugel in die fleckige Tapete und den Putz der Wand schlagen, sah Nemesis fallen. Mit einer Stärke, die von Wut und Grauen angeheizt wurde, rammte sie ihren Ellbogen in Montegas Magen.

Mehr an seinem neuen Opfer als an ihr interessiert, stieß er sie von sich. Ihr Kopf traf die Kante des Waschbeckens. Es gab noch einen Blitz. Dann Dunkelheit.

„Deborah! Deborah! Sie müssen die Augen öffnen! Bitte!"

Sie wollte es nicht. Gemeine kleine Explosionen liefen hinter ihren Augen ab. Aber die Stimme war so verzweifelt, so flehend. Sie zwang ihre Augenlider, sich zu heben. Nemesis tauchte verschwommen vor ihr auf.

Er hielt sie, drückte ihren Kopf an sich, wiegte sie. Einen Moment konnte sie nur seine Augen sehen. Schöne Augen, dachte sie benommen. Sie hatte sich in diese Augen verliebt, als sie sie das erste Mal sah. Sie hatte durch die Menschenmenge und die blendenden Lichter geblickt und ihn gesehen, seine Augen gesehen ...

Mit einem kleinen Stöhnen hob sie eine Hand an die Beule, die sich bereits an ihrer Schläfe bildete. Sie musste eine Gehirnerschütterung haben. Das erste Mal hatte sie Nemesis in einer dunklen Hauseinfahrt gesehen. Und ein Messer war da gewesen, genau wie heute Nacht.

„Ein Messer", murmelte sie. „Er hatte ein Messer."

Vor Erleichterung benommen, senkte er die Stirn auf die ihre. „Es ist schon gut. Er hatte keine Gelegenheit, es zu benützen."

„Ich dachte, er hätte Sie getötet." Sie hob ihre Hand an sein Gesicht, fühlte seine Wärme.

„Nein."

„Haben Sie ihn getötet?"

Seine Augen veränderten sich. Sorge wich schlagartig, als Wut genauso schlagartig aufblitzte. „Nein." Er hatte Deborah zusammengesunken auf dem Boden liegen gesehen und so nacktes Entsetzen verspürt, dass Montega die Flucht leicht gefallen war. Aber es würde eine andere Gelegenheit geben.

„Er ist entkommen?"

„Für den Moment."

„Sie kannten ihn." Sie versuchte, trotz des Hämmerns in ihrem Kopf zu denken. „Sie haben einen Namen genannt."

„Ja, ich kannte ihn."

„Er hatte einen Revolver." Sie presste die Augen zu, aber der Schmerz tobte im Kopf weiter. „Wo hatte er den Revolver?"

„In seiner Tasche. Es ist seine Gewohnheit, sich die Anzüge zu ruinieren."

Darüber musste sie später nachdenken. „Wir müssen die Polizei rufen." Sie legte die Hand auf seinen Arm, um sich zu stützen, und fühlte klebrige Wärme an ihren Fingern. „Sie bluten."

Er blickte auf die Stelle, an der ihn die Kugel gestreift hatte. „Ein wenig."

„Wie schlimm?" Bevor er antworten konnte, riss sie seinen Ärmel auf. Die lange hässliche Wunde ließ ihren Magen Purzelbäume schlagen. „Wir müssen die Blutung stoppen."

„Sie könnten Ihr T-Shirt in Streifen reißen."

„So viel Glück möchten Sie wohl haben." Sie sah sich in dem Raum um, wobei sie peinlichst den Blick auf den auf dem Bett liegenden Körper vermied. „Hier drinnen ist nichts, wovon Sie keine Blutvergiftung bekommen würden."

„Versuchen Sie das." Er reichte ihr ein Stück schwarzen Stoffs.

Sie mühte sich mit der Bandage ab. „Es ist meine erste Schusswunde, aber ich denke, sie sollte gereinigt werden."

„Ich kümmere mich später darum." Er genoss es, dass sie sich um ihn kümmerte. Ihre Finger waren sanft auf seiner Haut, ihre Brauen in Konzentration zusammengezogen. Sie hatte einen Ermordeten gefunden, wäre selbst beinahe ermordet worden. Aber sie hatte sich gefangen und tat kompetent, was getan werden musste.

Praktische Natur. Seine Lippen lächelten leicht. Ja, das konnte sehr attraktiv sein. Darüber hinaus roch er ihr Haar, als sie sich zu ihm beugte, fühlte es weich über seine Wange streichen. Er hörte ihren Atem, langsam, gleichmäßig.

Nachdem sie ihr Bestes getan hatte, kauerte Deborah sich auf den Boden. „Nun, so viel zur Unverwundbarkeit."

Sein Lächeln ließ ihr Herz stillstehen. „Da geht mein Ruf dahin."

Sie konnte nur starren, wie von einem Zauber gefangen, während sie beide auf dem Boden des schmutzigen kleinen Raums saßen. Sie vergaß, wo sie war, wer sie war. Unfähig, sich daran zu hindern, senkte sie den Blick auf seinen Mund. Wie würde er schmecken? Welche Wunder würde er ihr zeigen?

Er konnte kaum atmen, als sie ihre Augen erneut zu den seinen hob. In ihnen sah er Leidenschaft glühen und ein erschreckendes Einverständnis. Ihre Finger lagen noch immer auf seinem Arm und streichelten sachte. Er konnte jeden ihrer schnellen Herzschläge an dem Puls sehen, der an ihrem Hals pochte.

„Ich träume von Ihnen." Er zog sie an sich. „Selbst wenn ich wach bin, träume ich von Ihnen. Davon, Sie zu berühren." Seine Hände glitten an ihre Brüste, umschlossen sie. „Sie zu schmecken ..." Wie unter Zwang presste er den Mund an ihren Hals, wo der Geschmack und der Duft heiß waren.

Sie lehnte sich ihm entgegen, an ihn, benommen und aufgerüttelt von dem wilden Drängen, das in ihrem Blut hämmerte. Seine Lippen waren wie ein Brandeisen auf ihrer Haut. Und seine Hände ... Himmel, seine Hände! Mit einem tiefen, kehligen Stöhnen bog sie sich zurück, begierig und willig.

Und Gages verschwommenes Gesicht tauchte vor ihren Augen auf ...

„Nein!" Deborah zuckte weg von ihm, geschockt und beschämt. „Nein, das ist nicht recht."

Er verwünschte sich selbst. Sie. Die Umstände. Wie hatte er sie berühren können – jetzt, hier? „Nein, es ist nicht recht." Er stand auf und trat zurück. „Sie gehören nicht hierher."

Weil sie den Tränen nahe war, klang ihre Stimme scharf. „Sie schon?"

„Mehr als Sie", murmelte er. „Viel mehr als Sie."

„Ich habe nur meinen Job getan. Santiago hat mich angerufen."

„Santiago ist tot."

„Da war er es noch nicht." Sie presste die Finger gegen die Augen und betete um Fassung. „Er rief an und bat mich herzukommen."

„Montega war zuerst hier."

„Ja." Sie senkte die Hände. „Aber wie? Woher wusste er, wo Santiago zu finden war? Woher wusste er, dass ich herkommen würde? Er hat auf mich gewartet. Er hat meinen Namen gekannt."

Nemesis betrachtete sie interessiert. „Haben Sie irgendjemandem gesagt, dass Sie hierher fahren?"

„Nein."

„Allmählich halte ich Sie für eine Närrin." Er wandte sich von ihr ab. „Sie kommen hierher, in ein solches Haus, allein, um sich mit einem Mann zu treffen, der Ihnen genauso gut eine Kugel durch den Kopf hätte jagen können."

„Er hätte mir nichts getan. Er hatte Angst und war bereit zu sprechen. Und ich weiß, was ich tue."

Er drehte sie wieder zu ihr. „Sie haben nicht die leiseste Ahnung."

„Aber Sie, natürlich." Sie strich sich heftig über die zerzausten Haare und verspürte neuen Schmerz. „Oh, warum, zum Teufel, gehen Sie nicht endlich fort? Bleiben auch fort? Ich kann diesen Kummer von Ihnen nicht gebrauchen. Ich muss meine Arbeit erledigen."

„Sie müssen heimgehen und das hier anderen überlassen."

„Santiago hat keine anderen angerufen", fauchte sie. „Er hat mich angerufen, hat mit mir gesprochen. Wäre ich als Erste zu ihm gekommen, wüsste ich jetzt alles, was ich wissen muss. Ich ..." Sie verstummte, als ihr der Gedanke kam. „Mein Telefon. Verdammt, die haben mein Telefon angezapft. Sie wussten, dass ich heute Nacht hierher komme. Auch mein Telefon im Büro. Daher wussten sie, dass ich mir einen Gerichtsbeschluss für den Antiquitätenladen besorgen wollte." Ihre Augen funkelten. „Nun, das lässt sich schnell abstellen."

Sie sprang auf. Das Zimmer drehte sich. Er fing sie auf, bevor sie zu Boden glitt.

„Ein oder zwei Tage werden Sie gar nichts schnell machen." Er legte den Arm unter ihre Knie und hob sie hoch.

Es gefiel ihr, von ihm getragen zu werden, sogar ein wenig zu sehr. „Ich bin in dieses Zimmer hereingegangen, Zorro, ich werde auch wieder hinausgehen."

Er trug sie auf den Korridor. „Sind Sie immer so dickköpfig?"

„Ja. Ich brauche Ihre Hilfe nicht."

„Ja, Sie kommen allein ganz prima zurecht."

„Ich mag vielleicht ein paar Schwierigkeiten gehabt haben", sagte sie, während er begann, die

Treppe hinunterzugehen. „Aber jetzt habe ich wenigstens einen Namen. Montega."

Er blieb abrupt stehen, und seine Augen wurden zu Eis. „Montega gehört mir."

„Das Gesetz lässt keinen Raum für persönliche Blutrache."

„Sie haben Recht. Das Gesetz tut das nicht." Er verlagerte ihr Gewicht leicht, als er das untere Ende der Treppe erreichte.

Es lag etwas in seinem Ton – Desillusionierung? –, dass sie ihre Hand an seine Wange hob. „War es sehr schlimm?"

„Ja." Himmel, wie sehr er sich wünschte, sein Gesicht in ihrem Haar zu vergraben und sich von ihr trösten zu lassen. „Es war sehr schlimm."

„Lassen Sie sich von mir helfen. Sagen Sie mir, was Sie wissen, und ich schwöre, dass ich alles in meiner Macht Stehende tun werde, damit Montega und wer immer hinter ihm stehen mag für das bezahlt, was sie Ihnen angetan haben."

Sie würde es versuchen. Die Erkenntnis bewegte etwas in ihm, so sehr sie ihn auch ängstigte. „Ich bezahle meine eigenen Schulden auf meine eigene Weise."

„Verdammt, von wegen dickköpfig!" Sie versuchte, aus seinen Armen zu gleiten, als er sie in den Regen hinaustrug. „Ich bin bereit, meine Prinzipien zu beugen und mit Ihnen zu arbeiten, eine Partnerschaft zu bilden, und Sie ..."

„Ich will keinen Partner."

Sie fühlte, wie er sich bei den Worten verkrampfte, fühlte förmlich den Schmerz, der in ihm hochstieg. Aber sie wollte nicht nachgeben. „Fein, einfach großartig. Ach, lassen Sie mich herunter. Sie können mich kaum hundert Blocks weit tragen."

„Das habe ich auch nicht vor." Doch er konnte sich vorstellen, sie durch den Regen zu ihrem Apartment zu tragen, hinein, in ihr Bett. Stattdessen ging er zu dem Ende des Blocks, auf die Lichter und den Verkehr zu. Am Straßenrand blieb er stehen. „Nehmen Sie sich ein Taxi."

„Ein Taxi nehmen? Einfach so?"

Er fragte sich, wie sie ihn gleichzeitig zum Brennen und zum Lachen bringen konnte. Er sah die Hitze in ihren Augen lodern, während ihre Lippen nur Zentimeter voneinander entfernt waren. „Sie können doch noch immer Ihren Arm heben, oder?"

„Ja, ich kann meinen Arm heben." Sie tat es, innerlich kochend, während sie dastanden und warteten. Nach fünf Minuten rollte ein Taxi an den

Straßenrand. So verstimmt sie auch war, sie musste ein Lächeln unterdrücken, als dem Fahrer der Unterkiefer bei einem Blick auf ihren Begleiter herunterfiel.

„Oh Lord, Sie sind das, ja? Sie sind Nemesis! Hey, Kumpel, willst du mitfahren?"

„Nein, aber die Lady." Mühelos schob er Deborah auf die Rücksitze. Seine behandschuhte Hand strich einmal über ihre Wange. „Ich würde es mit einem Eisbeutel versuchen."

„Danke. Vielen Dank. Hören Sie, ich bin noch nicht fertig ..."

Doch er trat zurück und verschwand in dem dunklen, dünnen Regen.

„Das war wirklich er, nicht wahr?" Der Taxifahrer renkte sich fast den Hals aus, als er sich zu Deborah umdrehte, ohne sich um das wütende Hupen hinter ihm zu kümmern. „Hat er Ihnen das Leben gerettet oder so was?"

„Oder so was", murmelte sie.

„Lord! Wenn ich das meiner Frau erzähle!" Grinsend schaltete er die Taxiuhr ab. „Die Fahrt geht auf mich."

6. Kapitel

Stöhnend und schweißüberströmt stemmte Gage die Gewichte noch einmal. Er lag rücklings auf der Trainingsbank, nackt bis auf Joggingshorts. Seine Muskeln vibrierten, aber er war entschlossen, seine Quote von hundert zu erreichen. Schweiß durchnässte sein Stirnband und lief ihm in die Augen, während er sich auf einen kleinen Punkt an der Decke konzentrierte. Es lag Befriedigung sogar im Schmerz.

Er erinnerte sich nur zu gut daran, als er so schwach war, dass er kaum ein Magazin hatte heben können. Damals waren seine Beine zu Gummi geworden und sein Atem hatte gepfiffen, wenn er versuchte, den Krankenhauskorridor entlangzugehen. Er erinnerte sich an die Frustration und noch mehr an die Hilflosigkeit.

Zuerst hatte er sich gegen die Therapie gewehrt und hatte lieber allein dagesessen und vor sich hingebrütet. Dann hatte er die Therapie als eine Strafe benutzt, weil er lebte und Jack tot war. Der Schmerz war unbeschreiblich gewesen.

Und dann, eines Tages, schwach, krank, tief deprimiert, hatte er sich schwankend gegen die Wand seines Krankenhauszimmers gelehnt. Er hatte sich mit aller Kraft, aller Willensstärke gewünscht, alle sollten ihn in Ruhe lassen und nicht mehr zur Kenntnis nehmen.

Und dann kam die Schwester mit seinem Frühstückstablett herein, ging direkt an ihm vorbei, ohne ihn zu beachten, und murmelte etwas über Patienten, die nicht im Bett blieben, wo sie hingehörten.

Und er hatte gewusst, was er aus dem Koma mitgebracht hatte! Und er war überzeugt, dass diese Gabe zu einem bestimmten Zweck mit ihm gekommen war.

Danach war die Therapie wie eine Religion geworden, in die er jedes Gramm seiner Stärke legte, seinen gesamten Willen. Er hatte sich selbst härter und härter gefordert, bis seine Muskeln fest ausgebildet waren. Er hatte Unterricht in Kampftechniken genommen, Stunden mit Gewichtheben verbracht, die Tretmühle endloser Längen im Pool auf sich genommen.

Er hatte auch seinen Verstand trainiert, alles gelesen und sich dazu gebracht, die unzähligen Geschäfte zu verstehen, die er geerbt hatte, hatte täglich stundenlang studiert, bis er mit dem komplexen Computersystem umgehen konnte.

Jetzt war er stärker, schneller, klüger als in den Jahren bei der Polizei. Aber er wollte nie wieder ein Abzeichen tragen. Er würde nie wieder einen Partner nehmen.

Er würde nie wieder hilflos sein.

Er stieß zischend den Atem aus und stemmte weiter, als Frank mit einem großen Glas Saft hereinkam.

Frank stellte das Glas auf den Tisch neben der Bank und sah eine Weile schweigend zu. „Ein wenig hart heute", bemerkte er. „Natürlich haben Sie's auch gestern ein wenig hart getrieben und vorgestern auch." Frank grinste. „Was haben nur manche Frauen an sich, dass Kerle hingehen und schwere Gegenstände liften?"

„Scheren Sie sich zum Teufel, Frank."

„Sie sieht toll aus, sicher", fuhr Frank unbeeindruckt fort. „Klug ist sie auch, schätze ich, wo sie doch Juristin ist und so. Muss allerdings schwer sein, an den eigenen Verstand zu glauben, wenn sie Sie mit diesen großen blauen Augen ansieht."

Mit einem letzten Aufstöhnen stemmte Gage die Hantel in die Halterung. „Verschwinden Sie, und liften Sie eine Brieftasche."

„Also, Sie wissen, dass ich das nicht mehr mache." Sein breites Gesicht verzog sich zu einem neuerlichen Grinsen. „Nemesis könnte mich schnappen." Er nahm ein Handtuch von einem Stapel.

Wortlos wischte Gage sich damit den Schweiß von Gesicht und Brust.

„Wie ist der Arm?"

„Gut." Gage machte sich nicht die Mühe, auf den sauberen weißen Verband zu blicken, mit dem Frank Deborahs Werk ersetzt hatte.

„Sie werden wohl langsam. Bisher haben Sie sich nie was eingefangen."

„Wollen Sie gefeuert werden?"

„Wieder mal? Nein." Frank wartete geduldig, während Gage zu Beindrücken überwechselte. „Ich will einen sicheren Arbeitsplatz. Wenn Sie da rausgehen und sich umbringen lassen, muss ich wieder Touristen filzen."

„Dann muss ich am Leben bleiben. Die Touristen haben schon genug Ärger in Urbana."

„Wäre nicht passiert, wenn ich dabei gewesen wäre."

Gage schoss ihm einen Blick zu und drückte weiter. „Ich arbeite allein. Sie kennen die Abmachung."

„Sie war da."

„Und das war das Problem. Sie gehört nicht auf die Straßen, sie gehört in einen Gerichtssaal."

„Sie wollen sie nicht im Gerichtssaal, sondern im Schlafzimmer."

Die Gewichte landeten krachend auf dem Boden. „Lassen Sie das!"

Frank kannte Gage zu lange, um eingeschüchtert zu sein. „Hören Sie, Sie sind wild nach ihr, und das stört Ihre Konzentration. Das ist nicht gut für Sie."

„Ich bin nicht gut für sie." Er stand auf und griff nach dem Saft. „Sie hat Gefühle für mich, und sie hat Gefühle für Nemesis. Das macht sie unglücklich."

„Dann sagen Sie ihr, dass sie nur für einen Kerl Gefühle hat, und machen Sie sie glücklich."

„Was, zum Teufel, soll ich tun?" Er leerte das Glas und konnte sich kaum davon abhalten, es gegen die Wand zu schleudern. „Soll ich sie zum Dinner ausführen, und bei Cocktails sage ich: Ach, übrigens, Deborah, abgesehen davon, dass ich Geschäftsmann und eine Stütze dieser verdammten Stadt bin, habe ich noch dieses andere Ich. Die Presse nennt es Nemesis. Und wir sind beide verrückt nach dir. Also, wenn ich mit dir ins Bett gehe, willst du es mit oder ohne Maske?"

Frank überlegte einen Moment. „So ungefähr."

Gage stellte das Glas ab. „Sie ist geradlinig, Frank. Sie sieht alles schwarz und weiß ... Gesetz und Verbrechen." Plötzlich müde, blickte er auf das glitzernde Wasser des Pools. „Sie würde nie verstehen, was ich tue und warum ich es tue. Und sie würde mich hassen, weil ich sie belogen habe, denn jedes Mal, wenn ich mit ihr zusammen bin, betrüge ich sie."

„Ich glaube, Sie trauen ihr zu wenig zu. Sie haben Gründe für das, was Sie tun."

„Ja." Geistesabwesend berührte er die Narbe auf seiner Brust.

„Wenn sie wirklich Gefühle für Sie hat, wird sie es verstehen."

„Vielleicht würde sie mich anhören und es sogar akzeptieren, ohne zuzustimmen. Sie könnte mir sogar die Lügen verzeihen. Aber was ist mit dem Rest? Wie kann ich sie bitten, ihr Leben mit einem Freak zu teilen?"

Frank stieß einen heftigen Fluch aus. „Sie sind kein Freak. Sie besitzen eine Gabe."

„Ja." Gage atmete tief durch. „Aber ich bin derjenige, der damit leben muss."

Die Sekretärin von Bürgermeister Tucker Fields blickte von ihrem Schreibtisch auf und erkannte

Deborah. „Miss O'Roarke." Sie lächelte geschäftsmäßig freundlich. „Er erwartet Sie schon."

Sekunden später betrat Deborah das Büro des Bürgermeisters. Fields saß hinter seinem Schreibtisch, ein schlanker, ordentlicher Mann mit weißen Haaren und der rötlichen Haut von Leuten, die im Freien arbeiteten, ererbt von seinen Vorfahren, die Farmer gewesen waren. Neben ihm wirkte Jerry Bower wie ein geschniegelter junger Manager.

Fields hatte während der sechs Jahre im Amt den Ruf gewonnen, ein Mann zu sein, der nicht davor zurückscheute, sich die Hände schmutzig zu machen, um seine Stadt sauber zu halten.

Im Moment hatte er das Jackett ausgezogen und die Ärmel seines weißen Hemds hochgerollt. Er rückte seine schiefe Krawatte gerade, als Deborah eintrat.

„Deborah, immer ein Vergnügen, Sie zu sehen!"

„Freut mich, Sie zu sehen, Bürgermeister Fields. Hallo, Jerry."

„Setzen Sie sich, setzen Sie sich." Fields winkte sie zu einem Sessel, während er sich in seinem eigenen Ledersessel zurücklehnte. Er winkte seine Sekretärin herein, die mit einem Tablett in der Tür erschien. „Ich dachte, wenn Sie schon meinetwegen den Lunch verpassen, kann ich Ihnen wenigstens Kaffee und ein Hörnchen anbieten."

„Danke."

„Habe gehört, Sie hatten ein aufregendes Erlebnis letzte Nacht."

„Ja." Sie hatte mit dieser Wendung gerechnet. „Wir haben Ray Santiago verloren."

„Ja, habe ich gehört. Pech. Und dieser Nemesis ... er war auch da?"

„Ja, er war da."

„Er war auch da, als der Antiquitätenladen in die Luft flog." Fields verschränkte die Hände. „Man könnte meinen, er hat etwas mit der Sache zu tun."

„Nein, nicht so, wie Sie meinen. Wäre er letzte Nacht nicht erschienen, säße ich nicht hier." Obwohl es sie ärgerte, fühlte sie sich gedrängt, ihn zu verteidigen. „Er ist kein Krimineller – zumindest nicht im üblichen Sinn."

Der Bürgermeister hob bloß eine Augenbraue. „In welchem Sinn auch immer, ich ziehe es vor, wenn die Polizei in meiner Stadt das Gesetz vertritt."

„Ja, da stimme ich Ihnen zu."

Er nickte zufrieden. „Und dieser Mann ..." Er suchte in Papieren auf seinem Schreibtisch. „Montega?"

„Enrico Montega", ergänzte Deborah. „Auch bekannt als Ricardo Sanchez und Enrico Toya. Ein kolumbianischer Staatsbürger, der vor sechs Jahren in die Vereinigten Staaten einreiste. Er wird des Mordes an zwei Drogenhändlern in Kolumbien verdächtigt. Er arbeitete eine Weile von Miami aus, und Miami Vice hat eine dicke Akte über ihn. Genauso Interpol. Vermutlich ist er der Spitzenmann an der Ostküste. Vor vier Jahren ermordete er einen Polizisten und verletzte einen zweiten schwer." Sie dachte einen Moment an Gage.

„Hmm. Sie wissen, Deborah, Staatsanwalt Mitchell hält Sie für eine Spitzenklägerin." Fields lächelte. „Nicht, dass er das zugeben würde. Mitchell verteilt nicht gern Komplimente."

„Das ist mir bekannt."

„Wir sind alle sehr zufrieden mit Ihrer Erfolgsquote. Darum stimmen Mitchell und ich darin überein, dass Sie sich voll auf Ihre Gerichtsauftritte konzentrieren sollen. Wir haben daher beschlossen, Sie von diesem einen besonderen Fall abzuziehen."

Sie sah ihn betroffen an. „Wie bitte?"

„Wir haben beschlossen, dass Sie Ihre Aufzeichnungen und Akten einem anderen Staatsanwalt übergeben."

„Sie ziehen mich ab?"

Er hob die Hand. „Wir verstärken lediglich die polizeiliche Untersuchung. Bei Ihrer Last an Fällen möchten wir, dass Sie Ihre Unterlagen an jemand anderen abgeben."

Sie stellte ihre Tasse hart ab. „Parino war mein Fall."

„Parino ist tot."

Sie schoss Jerry einen Blick zu, aber er hob nur die Hände. Sie stand auf und kämpfte ihr Temperament nieder. „Mit Parino hat doch alles erst angefangen. Das ist mein Fall!"

„Und Sie haben sich selbst und den Fall bereits zweimal in Gefahr gebracht."

„Ich habe meinen Job getan."

„Ab heute wird jemand anderer diesen Teil erledigen." Der Bürgermeister breitete die Arme aus. „Deborah, das ist keine Bestrafung, nur eine Verlagerung von Verantwortlichkeiten. Akzeptieren Sie diese Entscheidung bitte."

Sie schüttelte den Kopf und riss ihren Aktenkoffer an sich. „Das reicht mir nicht. Das reicht mir bei weitem nicht. Ich werde selbst mit Mitchell sprechen." Sie drehte sich um und stürmte hinaus. Sie musste darum kämpfen, die Tür hinter sich nicht zuzuschlagen.

Jerry holte sie an den Aufzügen ein. „Deb, warte."

„Versuch es nicht einmal!"

„Was?"

„Zu besänftigen und zu beschwichtigen." Nachdem sie auf den Abwärts-Knopf geschlagen hatte, wirbelte sie zu ihm herum. „Was zum Teufel, soll das, Jerry?"

„Wie der Bürgermeister sagte ..."

„Komm mir nicht damit. Du hast gewusst, warum ich zu ihm bestellt wurde, und du hast mir am Telefon nichts gesagt. Nicht einmal eine Warnung, so dass ich mich hätte vorbereiten können."

„Deb ..." Er legte die Hand auf ihre Schulter, aber sie schüttelte ihn ab. „Sieh mal, es ist nicht so, dass ich dem Bürgermeister nicht zustimme ..."

„Du stimmst ihm immer zu."

„Ich habe es nicht gewusst, verdammt! Nicht bis zehn Uhr heute Vormittag. Und was immer du jetzt denkst, ich hätte es dir gesagt."

Sie schlug mit der Faust noch einmal auf den Rufknopf. „Na schön, tut mir Leid, dass ich dich zur Schnecke machte. Irgendetwas stimmt an der ganzen Sache nicht."

„Du bist fast umgebracht worden", erinnerte er sie. „Als Guthrie heute Morgen kam und ..."

„Gage?" unterbrach sie ihn. „Gage war hier?"
„Termin um zehn Uhr."
„Verstehe." Die Hände zu Fäusten geballt, wirbelte sie zu dem Aufzug herum. „Er steckt also dahinter."
„Er war besorgt, das ist alles. Er schlug vor ..."
„Schon verstanden." Sie betrat den Aufzug. „Das ist noch nicht ausgestanden. Das kannst du deinem Boss ausrichten."

Staatsanwalt Mitchell telefonierte gerade, als Deborah in sein Büro stürmte. Sie blieb stehen, bis er seinen Anruf beendet hatte.
„Sie haben mich verschaukelt."
„Quatsch."
„Wie nennen Sie es denn, verdammt? Es ist mein Fall!"
„Es ist der Fall des Staates", korrigierte er sie.
„Ich habe den Handel mit Parino gemacht." Sie legte die Hände flach auf seinen Schreibtisch und beugte sich vor, so dass sich ihre Augen auf gleicher Höhe befanden.
„Und Sie haben Ihre Grenzen überschritten."
„Sie sind derjenige, der mir beigebracht hat, dass die Verfolgung eines Falles mehr ist, als sich in Nadelstreifen zu kleiden und vor einer Jury auf

und ab zu tänzeln. Ich kenne meinen Job, verdammt."

„Allein zu Santiago zu gehen, war eine Fehleinschätzung."

„Also, das ist wirklich Unsinn. Er hat mich angerufen. Er hat nach mir verlangt. Sagen Sie mir doch, was Sie getan hätten, wenn er Sie angerufen hätte."

Er starrte sie finster an. „Das ist etwas völlig anderes."

„Das ist etwas völlig Gleiches", fauchte sie und war nach dem Blick in seinen Augen sicher, dass er das wusste. „Ich finde einen Anhaltspunkt, Guthrie schwirrt an und Sie und der Bürgermeister schwenken um. Die Männer halten doch immer noch zusammen!"

Er stach mit seiner nicht brennenden Zigarre nach ihrem Gesicht. „Kommen Sie mir nicht mit diesem feministischen Mist. Es ist mir egal, wie herum Sie Ihre Sachen knöpfen."

„Ich sage Ihnen, Mitch, wenn Sie mich ohne guten Grund abziehen, bin ich weg. Ich kann nicht für Sie arbeiten, wenn ich mich nicht auf Sie verlassen kann. Dann kann ich auch auf eigene Faust losziehen und Scheidungsfälle für dreihundert Dollar die Stunde bearbeiten."

„Ich mag kein Ultimatum."

„Ich auch nicht."

Er lehnte sich zurück und musterte sie. „Setzen Sie sich."

„Ich will nicht ..."

„Verdammt, O'Roarke, setzen Sie sich!"

Schmallippig und brennend vor Zorn gehorchte sie. „Also?"

Er rollte seine Zigarre zwischen seinen Fingern. „Da ist noch etwas. Haben Sie schon die Morgenzeitung gesehen?" Er griff sie sich vom Schreibtisch und winkte damit.

Da sie die Schlagzeile schon gelesen hatte und dabei zusammengezuckt war, zuckte sie jetzt bloß die Schultern. DARLING DEB VON NEMESIS AUF ARMEN DURCH STADT GETRAGEN. „Wenn ein Taxifahrer seinen Namen in der Zeitung sehen wollte, was hat das mit dem Fall zu tun?"

„Wenn meine Anklagevertreter mit diesem Marodeur in Verbindung gebracht werden, hat das etwas damit zu tun. Es gefällt mir nicht, wie Sie immer wieder mit ihm zusammentreffen."

„Wenn die Polizei ihn nicht aufhalten kann, bin ich kaum dafür verantwortlich, dass er irgendwo auftaucht."

Mitchell seufzte. „Sie haben zwei Wochen Zeit."

„Das reicht kaum aus, um ..."

„Zwei Wochen. Dann bringen Sie mir etwas, das wir den Geschworenen vorlegen können, oder ich gebe den Ball weiter. Kapiert?"

„Ja." Sie stand auf. „Kapiert."

Sie stürmte aus dem Büro und vorbei an grinsenden Kollegen. Ein Blatt Papier war an der Tür ihres Büros befestigt. Jemand hatte bunte Filzstifte und fluoreszierende Markierstifte benützt, um eine Karikatur von Deborah zu zeichnen, wie sie auf den Armen eines muskelbepackten maskierten Mannes getragen wurde. Darunter stand: DIE PACKENDEN ABENTEUER VON DARLING DEB.

Mit einem wütenden Fauchen riss sie das Blatt herunter, zerknüllte es, schob es in ihre Tasche und stampfte hinaus.

Deborah behielt ihren Finger auf Gages Klingelknopf, bis Frank die Tür öffnete.

„Ist er da?"

„Ja, Ma'am." Er wich zurück, als sie an ihm vorbeistürmte. Er hatte schon früher wütende Frauen gesehen. Diesmal hätte Frank es vorgezogen, einem Rudel hungriger Wölfe gegenüberzustehen.

„Wo?"

„In seinem Büro. Ich werde ihm gern sagen, dass Sie hier sind."

„Ich melde mich selbst an." Sie stürmte die Treppe hinauf.

Frank überlegte, ob er Gage über die Sprechanlage eine Warnung zukommen lassen sollte, doch er grinste bloß. Manchmal taten einem Überraschungen gut.

Deborah hielt sich nicht mit Anklopfen auf. Gage saß hinter seinem Schreibtisch, Telefonhörer in der Hand, einen Stift in der anderen. Computerbildschirme blinkten. Ihm gegenüber saß eine schlanke Frau mittleren Alters mit einem Stenoblock. Bei Deborahs unerwartetem Eintreten stand sie auf und sah Gage neugierig an.

„Ich melde mich wieder bei Ihnen", sagte er in den Hörer und legte auf. „Hallo, Deborah."

Sie warf ihren Aktenkoffer in einen Sessel. „Ich vermute, du willst dieses Gespräch unter vier Augen führen."

Er nickte. „Es ist spät, Mrs. Brickmann. Gehen Sie heim."

„Ja, Sir." Die Sekretärin zog sich schnell und diskret zurück.

Deborah hakte ihre Daumen in die Taschen ihres Rocks. Wie ein Revolverheld seine Daumen in einem Halfter unterhakt. „Es muss hübsch sein", begann sie, „hier in deinem hochragenden Turm zu sitzen und Befehle zu erteilen." Sie ging langsam auf ihn zu. „Muss ein tolles Gefühl sein. Nicht alle haben so viel Glück. Wir anderen müssen hart arbeiten. Aber weißt du, was uns andere wütend macht, Gage? Wirklich wütend? Wenn jemand aus einem dieser hochragenden Türme seine reiche und einflussreiche Nase in unsere Angelegenheiten steckt. Das macht uns so wütend, dass wir ihm wirklich am liebsten einen Faustschlag auf diese hereingesteckte Nase geben wollen."

„Sollen wir die Boxhandschuhe holen?"

„Ich bevorzuge meine bloßen Hände." Genau wie in Mitchells Büro stützte sie sich schwungvoll auf den Schreibtisch. „Für wen, zum Teufel, hältst du dich, dass du zum Bürgermeister gehst und Druck auf ihn ausübst, damit er mich von dem Fall abzieht?"

„Ich bin zum Bürgermeister gegangen", sagte er langsam, „und habe ihm meine Meinung dargelegt."

„Deine Meinung!" Sie stieß den Atem zwischen ihren zusammengebissenen Zähnen aus und griff nach einem Onyxbriefbeschwerer auf seinem Schreibtisch. Obwohl sie ernsthaft in Betracht zog, den Briefbeschwerer durch die Glaswand hinter ihm zu schleudern, gab sie sich doch damit zufrieden, ihn von einer Hand in die andere rollen zu lassen. „Und ich wette, er hat sich förmlich überschlagen, um dich und deine dreißig Millionen zufrieden zu stellen."

Gage beobachtete sie vorsichtig, wie sie auf und ab ging, und wartete, bis er sicher war, vernünftig sprechen zu können. „Er stimmte mit mir überein, dass du besser in einen Gerichtssaal als an den Tatort eines Mordes passt."

„Wer bist du, um sagen zu können, was für mich besser passt?" Zorn schwang in ihrer Stimme, als sie den Briefbeschwerer hart auf seinen Schreibtisch zurückstellte. „Halte dich aus meinen Angelegenheiten und meinem Leben heraus."

Nein, erkannte er, mit Vernunft kam er nicht weiter. „Bist du fertig?"

„Nein. Bevor ich gehe, sollst du wissen, dass es nicht geklappt hat. Ich bin noch immer an dem Fall dran, und ich bleibe auch dran. Du hast deine und meine Zeit verschwendet. Und ich halte dich für arrogant, anmaßend und unverschämt."

Unter dem Schreibtisch ballte er die Hände zu Fäusten. „Fertig?"

„Darauf kannst du wetten!" Sie schnappte sich

ihren Aktenkoffer, wirbelte auf dem Absatz herum und stürmte zur Tür.

Gage drückte einen Knopf unter dem Schreibtisch, und die Schlösser schnappten zu. „Ich bin noch nicht fertig."

Sie hatte nicht gewusst, dass sie noch wütender sein konnte, doch als sie zu ihm herumwirbelte, bildete sich roter Nebel vor ihren Augen. „Schließ sofort diese Tür auf, sonst stelle ich dich unter Anklage!"

„Du hast gesagt, was du sagen wolltest, Frau Staatsanwalt." Er stand auf. „Jetzt bin ich an der Reihe."

„Kein Interesse."

Er kam um den Schreibtisch herum und lehnte sich dagegen. „Du hast alle Beweise, nicht wahr, Frau Staatsanwalt? Alle deine hübschen kleinen Fakten. Also, um Zeit zu sparen, bekenne ich mich schuldig im Sinne der Anklage."

„Dann haben wir uns nichts mehr zu sagen."

„Ist die Staatsanwaltschaft nicht an dem Motiv interessiert?"

Sie warf den Kopf zurück und wappnete sich, als er näher kam. Etwas an der Art, wie er sich langsam und lautlos bewegte, löste einen Erinnerungsblitz aus. Doch er schwand wieder, von ihrem Zorn überrollt.

„Das Motiv ist in diesem Fall nicht relevant."

„Irrtum. Ich bin zum Bürgermeister gegangen und habe ihn gebeten, seinen Einfluss geltend zu machen, damit du von diesem Fall abgezogen wirst. Aber ich bin schuldig in mehr als diesem Punkt – ich bin schuldig, in dich verliebt zu sein."

Ihre verkrampften Hände erschlafften. Ihr Aktenköfferchen polterte zu Boden. Obwohl sie den Mund öffnete, konnte sie nichts sagen.

„Erstaunlich." Seine Augen waren dunkel und zornig, als er den letzten Schritt auf sie zutrat. „Eine kluge Frau wie du ist davon überrascht. Du hättest es jedes Mal erkennen müssen, wenn du mich angesehen hast. Wenn ich dich berührt habe." Er legte die Hände auf ihre Schultern. „Du hättest es jedes Mal schmecken müssen, wenn ich dich geküsst habe."

Er drückte sie gegen die Tür zurück, strich mit dem Mund einmal, zweimal über ihre Lippen, ehe er sie in einem verzehrenden Kuss verschloss.

Ihre Knie waren schwach. Sie hätte es nicht für möglich gehalten, aber sie zitterten so sehr, dass sie sich an Gage festhalten musste, um nicht zu Boden zu gleiten. Während sie sich an ihn klammerte, hatte sie Angst. Sie hatte es gesehen, hatte es gefühlt. Doch das war nichts verglichen damit, es ihn sagen zu hören. Oder das Echo ihrer eigenen Stimme zu hören, die diese Worte in ihren Gedanken wiederholte.

Er war in ihr verloren. Und je mehr sie sich ihm öffnete, desto tiefer fiel er. Er strich mit den Händen über ihr Gesicht, durch ihr Haar, ihren Körper hinunter, wollte alles an ihr berühren.

Als er den Kopf anhob, sah sie die Liebe und das Verlangen. Verbunden mit einer Art von Kampf, den sie nicht verstand.

„Es gab Nächte", sagte er ruhig, „Hunderte von Nächten, in denen ich schwitzend wach lag und auf den Morgen wartete. Dann fragte ich mich, ob ich jemals jemanden finden würde, den ich lieben könnte, brauchen könnte. Ganz gleich, was meine Fantasie sich ausgedacht hat, es ist nichts im Vergleich zu dem, was ich für dich fühle."

„Gage." Sie hob die Hände an sein Gesicht. Sie wusste sehr gut, dass sie ihr Herz bereits an ihn verloren hatte, doch sie erinnerte sich, dass sie sich in der Nacht zuvor zu einem anderen Mann hingezogen gefühlt hatte. „Ich weiß nicht, was ich fühle."

„Doch, du weißt es."

„Na schön, ich weiß es, aber ich habe Angst davor. Ich bin nicht fair, aber ich muss dich bitten, mich das alles durchdenken zu lassen."

„Ich bin nicht sicher, dass ich das kann."

„Nur noch eine kleine Weile, bitte. Schließ die Tür auf und lass mich gehen."

„Sie ist unverschlossen." Er öffnete die Tür für sie, blockierte den Ausgang jedoch ein letztes Mal. „Deborah, das nächste Mal lasse ich dich nicht gehen."

Sie sah die Wahrheit seiner Worte in seinen Augen. „Ich weiß."

Deborah saß in ihrem Büro und benützte Telefon und Computer für die Suche nach dem gemeinsamen Angelpunkt, wie Gage es genannt hatte. Der Antiquitätenladen, Timeless, hatte Imports Incorporated gehört, deren Adresse ein unbebautes Grundstück im Stadtzentrum war. Die Gesellschaft hatte keinen Anspruch bei der Versicherung angemeldet, und der Manager des Ladens war verschwunden. Die Polizei suchte außer ihm auch noch den Mann, den Parino „Maus" genannt hatte.

Tieferes Graben brachte die Triad Corporation mit Sitz in Philadelphia ans Tageslicht. Bei einem Anruf bekam Deborah eine automatische Ansage zu hören, dass dieser Anschluss nicht in Betrieb sei. Während sie die Staatsanwaltschaft von Philadelphia anrief, gab sie ihre bisher gesammelten Daten in den Computer ein.

Zwei Stunden später hatte sie eine Liste von Namen und Sozialversicherungsnummern und beginnende Kopfschmerzen.

Bevor sie den nächsten Anruf machen konnte, klingelte das Telefon unter ihrer Hand. „Deborah O'Roarke."

„Ist das dieselbe Deborah O'Roarke, die ihren Namen nicht aus den Zeitungen heraushalten kann?"

„Cilla!" Bei dem Klang der Stimme ihrer Schwester ließen ihre Kopfschmerzen etwas nach. „Wie geht es dir?"

„Ich mache mir Sorgen um dich."

„Und was gibt es wirklich Neues? Wie geht es Boyd?"

„Mein Mann ist für dich jetzt Captain Fletcher."

„Captain?" Deborah setzte sich gerade auf. „Wann ist das passiert?"

„Gestern." Stolz und Freude kamen deutlich durch.

„Sag ihm, dass ich stolz auf ihn bin."

„Mache ich. Wir alle sind es. Also ..."

„Wie geht es den Kindern?"

„Es ist gefährlich, eine Mutter nach ihren Kindern zu fragen, wenn es in den Sommerferien keine Schule und keinen Kindergarten gibt, so dass die Kinder im Vergleich zu mir und dem Cop mit drei zu zwei in der Überzahl sind." Cilla ließ ein volles, warmherziges Lachen hören. „Allen drei Mitgliedern der Dämonenbrigade geht es gut. Allison hat beim Baseball in der Little League letzte Woche einen Shutout geschlagen – und hat sich dann mit ihrem Gegner einen Ringkampf geliefert."

„Klingt danach, als wäre er ein schlechter Verlierer gewesen."

„Ja. Und Allison war immer eine schlechte Gewinnerin. Ich musste mich praktisch auf sie draufsetzen, damit sie aufgab. Mal sehen ... Bryant hat sich beim Rollschuhfahren einen Zahn ausgeschlagen, war ein schlauer kleiner Kapitalist und hat ihn dem Jungen von nebenan für fünfzig Cents verkauft. Keenan hat sie verschluckt."

„Was hat er verschluckt."

„Die fünfzig Cents. Mein jüngster Sohn isst alles. Ich habe schon daran gedacht, ein Rotes Telefon zur Notaufnahme des Krankenhauses einzurichten. Aber jetzt sprechen wir über dich."

„Mir geht es gut. Wie läuft es bei KHIP-Radio?"

„Ungefähr so chaotisch wie zu Hause." Cilla erkannte die Verzögerungstaktik. „Deborah, ich will wissen, was mit dir los ist. Seit wann triffst du dich mit maskierten Kerlen?"

Hinhalten geht nicht ewig, dachte Deborah bedauernd. „Komm schon, Cilla, du glaubst doch nicht alles, was du in der Zeitung liest."

„Stimmt. Auch nicht alles, was über den Fernschreiber kommt, auch wenn wir gestern dein letztes Abenteuer jeweils zu Beginn der stündlichen Nachrichten gebracht haben. Aber du sorgst landesweit für Nachrichten, Kleines, und ich möchte wissen, was da vor sich geht. Deshalb frage ich dich."

Ausweichen war normalerweise leichter, wenn man ein paar Stückchen Wahrheit einfließen ließ. „Dieser Nemesis ist ein Ärgernis. Die Presse glorifiziert ihn. Und heute Morgen habe ich Nemesis-T-Shirts gesehen."

„Ist der freie Handel nicht etwas Wundervolles?" Cilla ließ sich nicht noch einmal ablenken. „Deborah, ich bin schon zu lange beim Radio, um Stimmen nicht deuten zu können. Besonders die Stimme meiner kleinen Schwester. Was ist zwischen euch?"

„Nichts. Die Presse bauscht alles auf."

„Das habe ich bemerkt, Darling Deb."

„Oh, bitte!"

„Ich will wirklich wissen, was da läuft, aber noch wichtiger ist jetzt, wieso du in eine so gefährliche Sache verwickelt bist. Und warum ich in der Zeitung lesen muss, dass irgendein Irrer meiner Schwester ein Messer an die Kehle gehalten hat."

„Das ist übertrieben."

„Oh, also hat dir niemand ein Messer an die Kehle gehalten?"

Ganz gleich, wie gut sie auch log, Cilla würde es heraushören. „Es war nicht so dramatisch, wie es klingt. Und ich wurde nicht verletzt."

„Messer an deiner Kehle", murmelte Cilla. „Vor deiner Nase explodierende Gebäude. Verdammt, Deb, habt ihr da bei euch keine Polizei?" Sie seufzte. „Ich kann eben nicht aufhören, mir um dich Sorgen zu machen."

„Das Gefährlichste, womit ich im Moment zu tun habe, ist mein Computer."

„Schon gut." Cilla wechselte das Thema. „Ich habe auch ein Foto meiner kleinen Schwester mit einem gewissen Millionär gesehen. Willst du mir irgendetwas sagen?"

Das automatische Nein blieb Deborah im Hals stecken. „Ich weiß nicht. Im Moment ist alles ziemlich kompliziert, und ich hatte noch keine Zeit, die Dinge zu durchdenken."

„Ist denn da etwas zu durchdenken?"

„Ja." Die Kopfschmerzen kamen zurück. Sie rieb sich mit der linken Hand heftig über die Stirn. „Cilla, wenn du schon mit einem Polizeicaptain verheiratet bist, wie wäre es, wenn du deinen Einfluss nützt, damit er mir einen Gefallen tut?"

„Ich werde ihm drohen zu kochen. Dann tut er alles, was ich will."

Lachend griff Deborah nach einem der Ausdrucke. „Ich möchte, dass er ein paar Dinge überprüft. George P. Drummond und Charles R. Meyers, beide mit Adressen in Denver." Sie buchstabierte die Namen und fügte die Sozialversicherungsnummern hinzu. „Hast du das?"

„Mmm-hmm", murmelte Cilla.

„Und dann eine Solar Corporation, ebenfalls mit Sitz in Denver. Drummond und Meyers sind im Vorstand. Wenn Boyd das durch den Polizeicomputer laufen lässt, würde mir das ein paar Schritte durch die Bürokratie ersparen."

„Ich werde ihm mit meinem Schmorbraten drohen."

„Das müsste eigentlich wirken."

„Deb, du wirst vorsichtig sein, ja?"

„Aber sicher. Gib allen einen Kuss von mir. Du fehlst mir. Ihr alle."

7. Kapitel

In einem höhlenartigen Raum in tief verborgenen Winkeln seines Heims richtete Gage seine Aufmerksamkeit auf eine Reihe Computer. Es gab Arbeiten, die er nicht in seinem Büro erledigen konnte. Arbeiten, die er lieber geheim hielt.

Auf einem der Monitore konnte er sehen, was Deborah gerade in ihren Computer eingegeben hatte. Sie macht Fortschritte, dachte er. Langsam zwar, aber es bereitete ihm Sorgen.

Seine Finger flogen über eine Tastatur, eine zweite, eine dritte. Er musste den gemeinsamen Angelpunkt finden. Sobald er das geschafft hatte, würde er sorgfältig und systematisch den Namen des Mannes aufspüren, der für Jacks Tod verantwortlich war. Wenn er diesen Namen vor Deborah fand, war sie sicher.

Während die Computer arbeiteten, trat er an einen Plan von Urbana. Mithilfe einer weiteren Tastatur ließ er zahlreiche farbige Lichter in verschiedenen Teilen der Stadt aufblinken. Jedes Licht stellte einen größeren Handel mit Drogen dar, wobei die Polizei von etlichen gar nichts wusste.

Die Lichter blinkten im East End, im West End,

in den exklusiven Vierteln, in den ärmlichen Vorstädten, im Finanzdistrikt. Es schien kein Muster zu geben. Und doch gab es immer ein Muster. Er musste es nur finden.

Und er musste diesen einen Namen und Gerechtigkeit finden. Wenn das hinter ihm und Deborah lag, mochte es eine Chance für eine gemeinsame Zukunft geben.

Er konzentrierte sich auf die Lichter und machte sich an die Arbeit.

Mit einer Pizza im Karton, einer Flasche Lambrusco und einem Aktenkoffer voller Schreibarbeit, verließ Deborah den Aufzug. Während sie ihren Schlüssel hervorholen wollte, entdeckte sie Mrs. Greenbaum.

„Wie wäre es mit einer Pizza?"

„Wenn Sie mich zwingen." Mrs. Greenbaum ließ ihre Tür zuschlagen und kam barfuß über den Korridor. „Wahrscheinlich haben Sie bereits bemerkt, dass die Klimaanlage wieder ihren Geist aufgegeben hat."

„Ich dachte es mir schon nach dem Dampfbad im Aufzug." Sie fischte in ihrer Tasche. „Wenn Sie meine Schlüssel herausholen könnten."

„Ich habe den Zweitschlüssel, den Sie mir gegeben haben." Mrs. Greenbaum fasste in die Tasche ihrer weiten Jeans und holte einen Schlüsselring hervor.

„Danke." In der Wohnung stellte Deborah die Pizza auf einen Tisch. „Ich hole Gläser und Teller."

Lil hob den Deckel des Kartons an. „Eine hübsche junge Frau wie Sie sollte an einem Freitagabend mit einem hübschen jungen Mann feiern anstatt mit einer alten Frau."

„Mit welcher alten Frau?" rief Deborah aus der Küche.

„Dann eben mit einer etwas mehr als mittelalterlichen Frau. Was ist mit diesem leckeren Gage Guthrie?"

„Ich kann ihn mir nicht beim Pizzaessen vorstellen." Sie kam mit zwei Gläsern und Tellern zurück. „Er ist der Typ für Kaviar. Und ich bin für Pizza in Stimmung."

Sie machten sich gerade über die Pizza her, als es klopfte. Deborah leckte sich die Finger und ging an die Tür. Vor sich sah sie einen riesigen Korb mit roten Rosen, der zwei Beine zu haben schien.

„Für Deborah O'Roarke. Wo soll ich das hinstellen, Lady?"

„Oh ... ja ... äh ... hier." Sie stellte sich auf die Zehenspitzen und erhaschte einen Blick auf den

Kopf des Boten unter den Blüten. „Auf den Beistelltisch." Sie unterschrieb und gab ein Trinkgeld.

„Nun?" fragte Lil, als sie wieder allein waren. „Von wem?"

Obwohl sie es schon wusste, griff Deborah nach der Karte.

Nette Arbeit, Frau Staatsanwalt.
Gage.

Sie konnte sich nicht gegen ein Lächeln wehren. „Von Gage."

„Der Mann versteht es, Eindruck zu schinden." Hinter den Brillengläsern funkelten Lils Augen. Sie mochte nichts lieber als eine Liebesaffäre. „Das müssen fünf Dutzend sein."

„Sie sind schön." Deborah steckte die Karte ein. „Ich glaube, ich sollte ihn am besten gleich anrufen und mich bedanken."

„Mindestens." Lil biss in die Pizza. „Warum tun Sie es nicht gleich, während Sie daran denken?" Und während sie lauschen konnte.

Deborah zögerte. Wenn sie ihn jetzt anrief, von seiner Geste besänftigt, mochte sie einen Fehler begehen. „Später."

„Verzögerungstaktik", sagte Lil, den Mund voller Pizza.

„Ja." Deborah aß eine Weile, griff nach dem Wein. „Mrs. Greenbaum, Sie waren zweimal verheiratet."

„Bis jetzt", antwortete Lil lächelnd.

„Haben Sie beide Männer geliebt?"

„Sicher. Es waren gute Männer." Ihre scharfen kleinen Augen wurden jung und verträumt. „Beide Male dachte ich, es wäre für immer. Ich war ungefähr so alt wie Sie, als ich meinen ersten Mann im Krieg verlor. Wir hatten nur ein paar Jahre zusammen. Mr. Greenbaum und ich hatten etwas mehr Glück. Sie fehlen mir beide."

„Haben Sie sich je gefragt ... Ich weiß, es ist eine sonderbare Frage, aber haben Sie sich je gefragt, was geschehen wäre, wenn Sie beide zur selben Zeit kennen gelernt hätten?"

Lil hob interessiert die Augenbrauen. „Das wäre ein Problem gewesen."

„Sie haben beide geliebt, aber wären sie gleichzeitig in Ihr Leben getreten, hätten Sie nicht beide lieben können."

„Man kann nie sagen, welche Streiche das Herz spielt."

„Aber man kann nicht zwei Männer zur selben

Zeit auf die gleiche Art lieben." Sie beugte sich vor, und ihr Konflikt zeigte sich deutlich auf ihrem Gesicht. „Wäre es aber doch der Fall, könnten Sie nicht mit dem einen eine Bindung eingehen, ohne dem anderen untreu zu sein."

Lil schenkte ihnen beiden nach. „Lieben Sie Gage Guthrie?"

„Könnte sein." Deborah überlegte nur kurz und blickte zu dem von Rosen überquellenden Korb. „Ja, ich glaube, ich liebe ihn."

„Und lieben Sie einen anderen?"

Mit ihrem Glas in der Hand stand Deborah auf und begann auf und ab zu gehen. „Ja, aber das ist verrückt, nicht wahr?"

Nicht verrückt, dachte Lil. Nichts, was mit Liebe zu tun hatte, war jemals verrückt. Und für einige wäre eine solche Situation herrlich und aufregend gewesen. Nicht für Deborah.

„Sind Sie sicher, dass es in beiden Fällen Liebe ist und nicht bloß Sex?"

Deborah stieß den Atem aus und setzte sich wieder. „Ich dachte, es wäre nur körperlich. Ich wollte, dass es so wäre. Aber ich habe darüber nachgedacht, und ich weiß, dass es mehr ist. Ich bringe die beiden sogar in meinen Gedanken durcheinander. Es ist, als wollte ich einen Mann aus beiden machen, damit es einfacher wäre." Sie nahm einen Schluck. „Gage hat mir gesagt, dass er mich liebt, und ich glaube ihm. Ich weiß nicht, was ich tun soll."

„Folgen Sie Ihrem Herzen", riet Lil. „Ich weiß, das klingt abgedroschen, aber das tut die Wahrheit oft. Das Herz trifft für gewöhnlich die richtige Wahl."

Er hätte nicht herkommen sollen. Er wusste, dass es nicht richtig war. Aber während er durch die Straßen gestreift war, hatten ihn seine Schritte näher und näher zu ihrem Apartment gebracht. In Schatten gehüllt, blickte er zu dem Licht in ihrem Fenster hinauf. In der hitzegetränkten Nacht wartete er, sagte sich, dass er gehen würde, wenn sie das Licht ausschaltete.

Doch es brannte weiter, ein blasses, aber beständiges Leuchtfeuer.

Er überquerte die Straße, schwang sich auf die Feuerleiter und begann zu klettern. Er konnte sich nicht zurückhalten.

Durch das offene Fenster sah er sie. Sie saß an einem Schreibtisch, das Licht auf Papiere gerichtet. Ein Stift bewegte sich rasch in ihrer Hand.

Er nahm ihren verlockenden Duft wahr – wie eine Einladung. Oder wie eine Herausforderung.

Er konnte nur ihr Profil sehen, den Bogen ihres Kinns, die Form ihres Mundes. Ihr kurzer blauer Morgenmantel war locker geschlossen, und er sah ihren schlanken weißen Hals. Während er sie beobachtete, hob sie eine Hand und rieb sich den Nacken. Der Morgenmantel glitt an ihren Schenkeln hoch, teilte sich leicht, als sie die Beine übereinander schlug und sich wieder über ihre Arbeit beugte.

Deborah las denselben Absatz dreimal, bevor sie erkannte, dass ihre Konzentration unterbrochen war. Sie rieb sich über die Augen und wollte erneut beginnen, als ihr ganzer Körper erstarrte. Hitze jagte über ihre Haut. Langsam drehte sie sich um und sah ihn.

Er stand im Raum, neben dem Fenster, abgerückt vom Licht. Ihr Herz hämmerte – nicht in Panik, wie sie erkannte. Aus Vorfreude.

„Legen Sie eine Pause in der Verbrechensbekämpfung ein?" fragte sie und hoffte, der scharfe Ton ihrer Stimme würde das Zittern überlagern.

„Wie sind Sie hereingekommen?" Als er zu dem Fenster blickte, nickte sie. „Ich muss daran denken, es abzuschließen."

„Das hätte keine Rolle gespielt. Nicht, nachdem ich Sie sah."

Jeder Nerv in ihrem Körper war angespannt. Sie

stand auf, um mehr Autorität auszustrahlen. „Ich lasse nicht zu, dass das so weitergeht."

„Sie können es nicht aufhalten." Er trat auf sie zu. „Ich auch nicht." Sein Blick glitt zu den Papieren auf ihrem Schreibtisch. „Sie haben nicht auf mich gehört."

„Nein, und das habe ich auch nicht vor. Ich werde durch alle diese Lügen waten, alle Sackgassen umgehen, bis ich die Wahrheit finde. Dann bringe ich es zum Abschluss." Ihre Haltung war angespannt und wachsam. Ihre Augen forderten ihn heraus. „Wenn Sie mir helfen wollen, erzählen Sie mir, was Sie wissen."

„Ich weiß, dass ich dich will." Er hakte eine Hand in den Gürtel ihres Hausmantels, um sie still zu halten. In diesem Moment war sie sein einziges Bedürfnis, sein einziges Verlangen, sein einziger Hunger. „Jetzt. Heute Nacht."

„Sie müssen gehen." Sie konnte den Schauer als Reaktion auf ihr aufflackerndes Verlangen nicht unterdrücken. Anständigkeit kämpfte mit Leidenschaft. „Sie müssen gehen."

„Weißt du, wie sehr ich mich nach dir sehne?" Seine Stimme war rau, als er sie an sich riss. „Es gibt kein Gesetz, das ich nicht brechen würde, keinen Wert, den ich nicht opfern würde, um dich zu haben. Verstehst du dieses Verlangen?"

„Ja." Es fraß auch in ihr. „Ja. Es ist falsch."

„Richtig oder falsch – es geschieht heute Nacht." Mit einer weit ausholenden Geste ließ er die Lampe auf den Boden krachen. Als der Raum in Dunkelheit getaucht wurde, hob er Deborah auf seine Arme.

„Wir dürfen nicht ..." Doch ihre Finger gruben sich hart in seine Schultern und widersprachen der Ablehnung.

„Wir werden ..."

Noch während sie den Kopf schüttelte, senkte sich sein Mund auf den ihren, schnell und fiebrig, stark und verführerisch. Die Macht des Kusses traf sie, machte sie schwindelig, wühlte sie auf – und machte sie hilflos, hilflos ihrem eigenen Verlangen gegenüber. Ihre Lippen wurden weicher, ohne nachzugeben, öffneten sich, ohne sich hinzugeben. Während sie taub und blind in den Kuss taumelte, hörte ihr Verstand, was ihr Herz ihr hatte sagen wollen.

Er presste sie auf die Matratze, während sein Mund hektisch und ungeduldig über ihr Gesicht wanderte, seine Hände bereits an dem dünnen Morgenmantel zogen. Darunter war sie genau, wie er es erträumt hatte. Heiß und glatt und duftend. Er streifte die Handschuhe ab und fühlte, wonach er sich gesehnt hatte.

Sie floss wie ein Strom unter seinen Händen. Er hätte in ihr ertrinken können. Obwohl er danach brannte, sie zu sehen, begnügte er sich mit Berührung, mit Geschmack, mit ihrem Duft. In der gewitterschwülen Nacht war er beinahe nicht auszuhalten.

Er war noch immer ein Schatten, aber sie kannte ihn. Und wollte ihn. Allen Verstand, alle Vernunft ließ sie beiseite, klammerte sich an ihn. Lippen suchten Lippen, während sie beide über das Bett rollten. Begierig, ihn und das wilde Schlagen seines Herzens an ihrem wild schlagenden Herzen zu spüren, zerrte sie an seinem Hemd. Rau geflüsterte Worte strichen über ihre Lippen, ihren Hals, ihre Brust, während sie ihn hektisch entkleidete.

Dann war er so verwundbar wie sie, seine Haut so feucht wie ihre, seine Hände so gierig wie ihre eigenen. Donner grollte, Blitze zuckten in der mondlosen Nacht. Der Duft von Rosen und Leidenschaft hing schwer in der Luft. Sie schauderte unter der Lust, die er ihr so ungezügelt zeigte.

Hitze, schmerzliches Sehnen, Herrlichkeit. Selbst als ihr davon die Tränen kamen, drängte sie sich ihm entgegen, verlangte mehr. Bevor sie verlangen konnte, gab er, trieb sie erneut höher und höher. Dunkle, geheime Genüsse. Stöhnen und Flüstern. Erstickende Zärtlichkeiten. Unersättlicher Hunger.

Als sie glaubte, mit Sicherheit wahnsinnig zu werden, stieß er in sie. Und es war Wahnsinn. Sie gab sich ihm mit all ihrer Kraft, mit all ihrem Begehren.

„Ich liebe dich." Sie umschlang ihn fest, als die Worte aus ihr herausströmten.

Die Worte erfüllten ihn, während er Deborah erfüllte. Sie bewegten ihn, während ihre Körper sich zusammen bewegten. Er vergrub das Gesicht in ihrem Haar. Ihre Nägel gruben sich in seinen Rücken. Er fühlte seine eigene berstende Erfüllung, dann ihre, als sie seinen Namen rief.

Er lag in der Dunkelheit da. Das Dröhnen in seinem Kopf ließ allmählich nach, bis er nur noch den Straßenlärm und Deborahs tiefe, ungleichmäßige Atemzüge hörte. Ihre Arme waren nicht mehr fest um ihn geschlungen, sondern von ihm geglitten. Sie war jetzt still und ruhig.

Langsam und von seiner eigenen Schwäche verunsichert, rückte er von ihr ab. Sie bewegte sich nicht, sprach nicht. In der Dunkelheit berührte er ihr Gesicht mit der Hand und fand die Wangen feucht. Und er hasste den Teil von ihm, der ihr Kummer bereitet hatte.

„Wie lange weißt du es schon?"

„Erst seit heute Abend." Bevor er sie erneut berühren konnte, wandte sie sich ab und tastete nach ihrem Hausmantel. „Hast du gedacht, ich würde nicht erkennen, dass du mich küsst? Hast du nicht begriffen, dass ich es wissen würde, sobald das hier passiert, ganz gleich, wie dunkel es ist?"

In ihrer Stimme schwang nicht bloß Zorn, sondern Schmerz. Zorn hätte er ertragen können. „Nein, daran habe ich nicht gedacht."

„Wirklich nicht?" Sie schaltete die Nachttischlampe ein und starrte ihn an. „Aber du bist so klug, Gage, zu verdammt klug, um einen solchen Fehler zu begehen."

Er sah sie an. Ihr Haar war zerzaust, ihre blasse Haut war noch immer gerötet und warm von seinen Händen. In ihren Augen standen noch mehr Tränen und dahinter heller Zorn. „Vielleicht habe ich es gewusst. Vielleicht wollte ich nicht, dass es eine Rolle spielt." Er stand auf und streckte die Hand nach ihr aus. „Deborah ..."

Sie ohrfeigte ihn einmal, dann ein zweites Mal.

„Verdammt, du hast mich belogen. Du hast mich an mir selbst, an meinen Werten zweifeln lassen. Du wusstest, du musstest wissen, dass ich mich in dich verliebte." Mit einem halben Lachen wandte sie sich ab. „In euch beide."

„Bitte, hör mich an." Als er sie an der Schulter berührte, zuckte sie zurück.

„Es wäre nicht klug, mich jetzt zu berühren."

„Nun gut." Er ballte die Hand zur Faust. „Ich habe mich so schnell in dich verliebt, dass ich nicht denken konnte. Ich wusste nur, dass ich dich brauchte und dass du sicher sein solltest."

„Also hast du deine Maske aufgesetzt und auf mich aufgepasst. Ich werde dir nicht dafür danken. Für gar nichts."

Die Endgültigkeit in ihrer Stimme ließ Panik in ihm hochsteigen. „Deborah, was heute Nacht passiert ist ..."

„Ja, was hier passiert ist. Dafür hast du mir genug vertraut." Sie deutete auf das Bett. „Aber nicht für den Rest. Nicht für die Wahrheit."

„Nein, das habe ich nicht getan. Ich konnte es nicht, weil ich weiß, wie du über das denkst, was ich mache."

„Das ist eine ganz andere Geschichte, nicht wahr?" Sie wischte sich die Tränen weg. Der Ärger wandelte sich in Trauer. „Wenn du wusstest, dass du mich belügen musstest, warum bist du mir dann nicht einfach ferngeblieben?"

Er zwang sich dazu, nicht wieder nach ihr zu tasten. Er hatte gelogen und sie dadurch verletzt. Jetzt konnte er ihr nur die Wahrheit bieten und hoffen, dass sie heilend wirken würde. „Du bist das Einzige in vier Jahren, das ich nicht überwinden konnte. Du bist das Einzige in vier Jahren, das ich so sehr brauchte wie die Luft zum Atmen. Ich erwarte nicht, dass du verstehst oder auch nur akzeptierst, aber du musst mir glauben."

„Ich weiß nicht, was ich glauben soll. Gage, seit ich dich getroffen habe, bin ich in zwei Richtungen gezogen worden, weil ich glaubte, mich in zwei verschiedene Männer zu verlieben. Aber das warst nur du. Ich weiß nicht, was ich tun soll." Seufzend schloss sie die Augen. „Ich weiß nicht, was richtig ist."

„Ich liebe dich, Deborah. Gib mir eine Chance, es dir zu zeigen und den Rest zu erklären."

„Ich scheine keine große Auswahl zu haben. Gage, ich kann nicht verzeihen ..." Sie öffnete die Augen und richtete den Blick zum ersten Mal auf die lange, gezackte Narbe auf seiner Brust. Schmerz traf sie, drückte sie fast auf die Knie. Von

Entsetzen benommen, hob sie den Blick zu seinen Augen. „Das haben sie dir angetan?" flüsterte sie.

Sein Körper verkrampfte sich. „Ich will kein Mitleid, Deborah."

„Sei still." Sie bewegte sich rasch, ging zu ihm, schlang ihre Arme um ihn. „Halt mich." Sie schüttelte den Kopf. „Nein, fester. Ich hätte dich damals verlieren können, ohne jemals die Chance zu bekommen, dich zu haben." In ihren Augen standen erneut Tränen, als sie den Kopf hob. „Ich weiß nicht, was ich tun soll oder was richtig ist. Aber heute Nacht ist es genug, dass du hier bist. Bleibst du?"

Er küsste sie lang und innig. „So lange du willst."

Es war nicht der einsetzende Lärm des Tages, der Deborah weckte, sondern der leichte und herrliche Duft von Kaffee.

Halb elf, stellte sie mit einem Blick auf die Uhr fest. Halb elf! Deborah kämpfte sich in eine sitzende Haltung hoch und entdeckte, dass sie allein im Bett war.

Gage, dachte sie und presste die Handballen gegen ihre Augen. Hatte er wieder Frühstück bestellt? Himmel, was hätte sie für eine schlichte Tasse schwarzen Kaffees und ein altbackenes Doughnut gegeben!

Sie glitt aus dem Bett und bückte sich nach ihrem Morgenmantel, der auf dem Boden lag. Darunter fand sie ein Stück schwarzes Tuch. Sie hob es auf und ließ sich wieder auf das Bett sinken.

Eine Maske. Sie ballte den Stoff in ihrer Hand zusammen. Es war also kein Traum gewesen. Es war real. Alles. Er war zu ihr in der Nacht gekommen, hatte sie in der Nacht geliebt. Ihre beiden Fantasien. Der charmante Geschäftsmann, der arrogante Fremde in Schwarz. Sie waren ein Mann, ein Liebhaber.

Mit einem leisen Stöhnen vergrub sie das Gesicht in den Händen. Was sollte sie tun? Wie sollte sie damit fertig werden? Als Frau? Und als Staatsanwältin?

Himmel, sie liebte ihn. Und indem sie ihn liebte, verriet sie ihre Prinzipien. Wenn sie sein Geheimnis enthüllte, verriet sie ihr Herz.

Und wie konnte sie ihn lieben, ohne ihn zu verstehen?

Doch sie tat es, und es war ausgeschlossen, ihr Herz zurückzunehmen. Deborah machte sich auf eine Aussprache gefasst.

Als das Telefon klingelte, murmelte sie eine Verwünschung. Sie kämpfte sich in ihren Morgenmantel und kletterte über das Bett, um nach dem Hörer zu greifen.

„... Deborahs Schwester." In Cillas Stimme schwangen Belustigung und Neugierde mit. „Und wie geht es Ihnen?"

„Gut, danke", antwortete Gage am anderen Apparat, „Deborah schläft noch. Soll ich ..."

„Ich bin schon da." Seufzend schob Deborah ihr zerzaustes Haar zurück. „Hallo, Cilla."

„Hi."

„Auf Wiederhören, Cilla." Deborah hörte, wie Gage auflegte. Einen Moment herrschte summende Stille.

„Äh ... schätze, ich habe zu einer schlechten Zeit angerufen."

„Nein, ich wollte gerade aufstehen. Ist es nicht ein wenig zeitig in Denver?"

„Mit drei Kindern ist es jetzt schon mitten am Tag. Bryant, bring diesen Basketball nach draußen. Sofort! Kein Dribbeln in der Küche. Deb?"

„Ja?"

„Tut mir Leid. Jedenfalls, Boyd hat diese Namen überprüft, und ich dachte, du möchtest die Information sofort haben."

„Großartig." Sie griff nach einem Stift.

„Boyd soll dir das alles selbst sagen." Es klapperte im Telefon. „Nein, ich nehme ihn. Keenan, steck das nicht in deinen Mund. Liebe Güte, Boyd, was hat er da überall im Gesicht?" Kichern war zu hören, dann ein Krachen, als der Hörer gegen die Küchenwand schlug, und das Geräusch von laufenden Füßen.

„Deb?"

„Gratuliere, Captain Fletcher."

„Danke. Vermutlich hat Cilla wieder damit geprahlt. Wie geht es so?"

Sie blickte auf die Maske hinunter, die sie noch immer in der Hand hielt. „Ich bin mir da gar nicht sicher." Sie schüttelte die Stimmung ab und lächelte das Telefon an. „Bei euch klingt alles normal."

„Nichts ist hier jemals normal. Hey, Allison, lass diesen Hund nicht ..." Es gab noch ein Krachen und wildes Bellen. „Zu spät."

„Ja, es klang perfekt normal. Boyd, ich bin dir dankbar, dass du dich in der Sache so beeilt hast."

„Kein Problem. Es schien wichtig."

„Das ist es."

„Nun, ich habe nicht viel. George P. Drummond war Klempner, besaß sein eigenes Geschäft ..."

„War?" unterbrach Deborah.

„Ja. Er starb vor drei Jahren. Natürliche Ursache. Er war zweiundachtzig und hatte keine Verbindung mit einer Solar Corporation oder einer anderen Gesellschaft."

Sie schloss die Augen. „Und die anderen?"

„Charles R. Meyers. Naturkundelehrer an der High School und Football-Coach. Starb vor fünf Jahren. Absolut saubere Weste."

„Und die Solar Corporation?"

„Wir konnten bisher nicht viel finden. Die Adresse, die du Cilla gegeben hast, existiert nicht."

„Ich hätte es mir denken können. Wann immer ich in dieser Sache um eine Ecke biege, lande ich in einer Sackgasse."

„Ich kenne das Gefühl. Ich werde noch etwas weitergraben. Tut mir Leid, dass ich dir nicht mehr helfen konnte."

„Aber du hast mir geholfen."

„Zwei Tote und eine falsche Adresse? Nicht viel. Deborah, wir haben hier die Zeitungen gelesen. Hat diese Sache etwas mit deinem maskierten Phantom zu tun?"

Sie ballte erneut den schwarzen Stoff in ihrer Hand zusammen. „Ganz unter uns, ja."

„Vermutlich hat Cilla es schon gesagt, aber sei vorsichtig, ja?"

„Werde ich sein."

„Sie will noch einmal mit dir sprechen." Es gab Gemurmel, dann ein leises Lachen. „Es geht darum, dass sich ein Mann an deinem Telefon gemeldet hat." Boyd lachte wieder, und Deborah konnte ihn förmlich sehen, wie er um den Hörer kämpfte.

„Ich will doch nur wissen ..." Cilla war atemlos. „Boyd, lass das! Füttere den Hund oder mach sonst was. Ich will doch nur wissen", wiederholte sie in den Hörer, „wem diese sagenhafte sexy Stimme gehört."

„Einem Mann."

„Das dachte ich mir schon. Hat er einen Namen?"

„Ja."

„Also, soll ich raten? Phil, Tony, Maximilian?"

„Gage", murmelte Deborah einlenkend.

„Der Millionär? Gut gemacht."

„Cilla ..."

„Ich weiß, ich weiß. Du bist eine erwachsene Frau. Eine vernünftige Frau mit einem eigenen Leben. Ich sage kein einziges Wort mehr. Aber ist er ..."

„Bevor du weitermachst, sollte ich dich warnen. Ich hatte noch keinen Kaffee."

„In Ordnung. Aber ich möchte, dass du mich anrufst, und zwar bald. Ich brauche Einzelheiten."

„Ich lasse es dich wissen, sobald ich sie habe. Ich melde mich wieder."

„Das möchte ich dir geraten haben."

8. Kapitel

Deborah folgte dem Duft von Kaffee in die Küche. Gage stand am Herd, in Jeans, barfuß, das Hemd offen. Sie war nicht überrascht, ihn zu sehen, aber sie war überrascht, was er tat.

„Du kochst?" fragte sie von der Tür.

Er drehte sich um. Sie da in dem strahlenden Sonnenlicht zu sehen, die Augen schläfrig, der Blick vorsichtig, warf ihn fast um. „Hi. Tut mir Leid mit dem Telefon. Ich dachte, ich erwische es, bevor du aufwachst."

„Schon gut, ich war wach." Befangen nahm sie eine Tasse von einem Haken über der Spüle und schenkte sich Kaffee ein. „Das war meine Schwester."

„Ja." Er legte die Hände auf ihre Schultern und strich sachte zu ihren Ellbogen hinunter und zurück. Als er fühlte, wie sie sich verkrampfte, durchbohrte ihn der Schmerz wie ein Messer. „Wäre es dir lieber, ich wäre nicht hier?"

„Ich weiß es nicht." Sie trank, ohne sich umzudrehen. „Wir müssen miteinander reden." Sie konnte ihn noch nicht ansehen. „Was machst du?"

„Französischen Toast. Du hattest nicht viel im

Kühlschrank. Also bin ich hinunter an die Ecke gegangen und habe ein paar Dinge besorgt."

So normal, dachte sie, während ihr Magen sich verkrampfte. So einfach. „Wie lang bist du schon auf?"

„Zwei oder drei Stunden."

Als er zum Herd zurückkehrte, drehte sie sich langsam um. „Du hast nicht viel geschlafen."

Seine Augen trafen ihre. Sie hält zurück, dachte er. Sowohl den Schmerz als auch den Zorn. Aber beides war vorhanden. „Ich brauche nicht viel – nicht mehr." Er schlug zwei Eier in die Milch, die er bereits in eine Schüssel gegossen hatte. „Ich habe den größten Teil eines Jahres damit verbracht, nur zu schlafen. Nachdem ich zurückgekommen war, brauchte ich nicht mehr als vier Stunden pro Nacht."

„So schaffst du es vermutlich, dein Geschäft zu betreiben ... und das andere."

„Ja." Er mischte weiter die Zutaten, tauchte dann Brot in die Schale. „Man könnte sagen, mein Metabolismus hat sich verändert – unter anderem." Mit Teig überzogene Brotscheiben zischten, als er sie in die Pfanne legte. „Willst du, dass ich mich dafür entschuldige, was letzte Nacht geschehen ist?"

Sie sagte einen Moment nichts, öffnete dann einen Schrank. „Ich hole Teller."

Er unterdrückte eine Verwünschung. „Okay. Das hier dauert nur noch ein paar Minuten."

Er wartete, bis sie am Fenster saßen. Deborah sagte eine Weile nichts, während sie mit ihrem Frühstück herumspielte. Ihre Stille und der Ausdruck von Elend in ihren Augen waren für ihn schlimmer als hundert ins Gesicht geschriene Vorwürfe.

„Du bist an der Reihe", sagte er ruhig.

Sie blickte ihn an. „Ich weiß."

„Ich werde mich nicht dafür entschuldigen, dass ich dich liebe. Oder dass ich Sex mit dir hatte. Mit dir letzte Nacht zusammen gewesen zu sein, war das Wichtigste, was ich je erlebt habe." Er wartete und beobachtete sie. „Du glaubst das nicht, oder?"

„Ich bin mir nicht sicher, was ich glauben soll. Was ich glauben kann." Sie legte die Hände um ihre Henkeltasse, die Finger angespannt. „Du hast mich belogen, Gage, von Anfang an."

„Ja, das habe ich." Er unterdrückte das Verlangen, die Hand nach ihr auszustrecken, sie bloß zu berühren. „Entschuldigungen dafür spielen wirklich keine große Rolle. Es ist absichtlich geschehen, und wäre es möglich gewesen, hätte ich dich weiter belogen."

Sie schlang die Arme um sich selbst. „Weißt du, wie ich mich dabei fühle?"

„Ich glaube, ich weiß es."

Verletzt schüttelte sie den Kopf. „Du kannst es gar nicht wissen. Du hast mich dazu gebracht, dass ich auf der grundsätzlichsten Ebene an mir gezweifelt habe. Ich habe mich verliebt – in euch beide, und ich habe mich geschämt. Oh ja, jetzt weiß ich, dass ich ein Närrin war, es nicht schon früher zu begreifen. Meine Gefühle waren gleich intensiv für zwei, wie ich annehmen musste, verschiedene Männer. Ich habe dich angesehen und an ihn gedacht. Ich habe ihn angesehen und an dich gedacht." Sie presste die Finger an ihre Lippen. Die Worte strömten zu rasch hervor.

„Als ich in jener Nacht in Santiagos Zimmer wieder zu mir kam und du mich gehalten hast, blickte ich in deine Augen und erinnerte mich daran, wie ich dich das erste Mal im Ballsaal des Stuart Palace gesehen habe. Ich dachte, ich würde verrückt werden."

„Es ist nicht geschehen, um dich zu verletzen, sondern um dich zu schützen."

„Wovor?" fragte sie. „Vor mir selbst? Vor dir?

Jedes Mal, wenn du mich berührt hast, habe ich ..."
Ihr Atem stockte, als sie um Fassung rang. Das war ohnedies ihr Problem. Ihre Emotionen. „Ich weiß nicht, ob ich dir verzeihen kann, Gage, oder vertrauen. Ich weiß nicht einmal, ob ich dich lieben kann."

Er blieb sitzen, wo er saß, weil er wusste, dass sie ihn abwehren würde, sollte er sich ihr nähern. „Ich kann nicht wieder gutmachen, was geschehen ist. Ich wollte dich nicht, Deborah. Ich wollte überhaupt niemanden, der mich so verwundbar macht, dass ich einen Fehler begehe." Er dachte an seine Gabe. Seinen Fluch. „Ich habe nicht einmal das Recht, dich zu bitten, mich so zu nehmen, wie ich bin."

„Wie du damit bist?" Sie zog die Maske aus der Tasche ihres Morgenmantels. „Nein, du hast kein Recht, mich zu bitten, das hier zu akzeptieren. Aber genau das tust du. Du bittest mich, dich zu lieben. Und du bittest mich, meine Augen vor dem zu verschließen, was du tust. Ich habe mein Leben dem Gesetz gewidmet. Soll ich Stillschweigen bewahren, wenn du es ignorierst?"

Seine Augen verdüsterten sich. „Ich habe mein Leben für das Gesetz verloren. Mein Partner ist dafür gestorben. Ich habe es nie ignoriert."

„Gage, das darf keine persönliche Angelegenheit sein."

„Doch, zum Teufel. Alles ist eine persönliche Angelegenheit. Was immer du in deinen Gesetzesbüchern liest, welche Präzedenzfälle oder Verfahrensweisen du auch immer findest, es läuft alles auf Menschen hinaus. Du weißt das. Du fühlst das. Ich habe dich bei der Arbeit beobachtet."

„Innerhalb des Gesetzes", beharrte sie. „Gage, du musst einsehen, dass das, was du machst, falsch ist, ganz zu schweigen davon, dass es auch gefährlich ist. Du musst aufhören."

Seine Augen waren sehr dunkel, sehr klar. „Nicht einmal um deinetwillen."

„Und wenn ich zu Mitchell gehe, zum Police Commissioner, zu Fields?"

„Dann werde ich tun, was immer ich tun muss, aber ich werde nicht aufhören."

„Warum?" Sie kam zu ihm, die Maske in ihrer Faust. „Verdammt, warum?"

„Weil ich keine Wahl habe." Er stand auf und packte sie hart an den Schultern, ehe er sie losließ und sich abwandte. „Ich kann nichts tun, um es zu ändern. Und ich will auch nichts tun."

„Ich weiß Bescheid über Montega." Als er sich wieder umwandte, sah sie den Schmerz. „Es tut mir Leid, Gage, es tut mir so Leid, was dir zugestoßen ist. Was deinem Partner zugestoßen ist. Wir werden Montega das Handwerk legen, das schwöre ich dir. Aber Rache ist keine Antwort für dich. Kann es nicht sein."

„Was mir vor vier Jahren zugestoßen ist, hat mein Leben verändert. Das ist keine Phrase. Das ist Realität. Du hast die Berichte über die Nacht gelesen, in der Jack getötet wurde?"

„Ja, ich habe sie gelesen."

„Alle Fakten", murmelte er. „Aber nicht alle Wahrheiten. Stand in dem Bericht, dass er mein bester Freund war? Dass er eine hübsche Frau und einen kleinen Jungen hatte, der gern auf einem roten Dreirad fuhr?"

„Oh, Gage." Sie konnte nicht verhindern, dass ihre Augen sich mit Tränen füllten und ihre Arme sich nach ihm ausstreckten. Doch er schüttelte den Kopf und wich zurück.

„Stand in dem Bericht, dass wir fast zwei Jahre unseres Lebens geopfert hatten, um dem Fall zum Durchbruch zu verhelfen? Zwei Jahre, in denen wir uns mit der Sorte von Schleimern abgeben mussten, die große Jachten haben und riesige Häuser und fette Brieftaschen von dem Geld, das sie mit dem Verkauf an kleinere Dealer verdienen, die ihrerseits ihren Lebensunterhalt dadurch verdienen, dass sie das Zeug auf die Straßen bringen und auf die Spielplätze und in die Wohngebiete. Zwei Jahre, in denen wir uns unseren Weg nach innen und nach oben erarbeiteten, weil wir Cops waren und glaubten, wir könnten etwas bewirken."

Er legte die Hände auf die Rückenlehne eines Sessels, spannte die Finger an, lockerte sie wieder. Deborah konnte nur dastehen und schweigend zusehen, während er sich erinnerte.

„Jack wollte Urlaub nehmen, wenn alles vorbei war. Nicht, um irgendwohin zu fahren, sondern nur, um im Haus herumzusitzen, den Rasen zu mähen, einen tropfenden Abfluss zu reparieren, Zeit mit Jenny und seinem Kind zu verbringen. Er hat es mir erzählt. Ich wollte für ein paar Wochen nach Aruba, aber Jack hatte keine großen Träume. Nur ganz gewöhnliche."

Er starrte aus dem Fenster, sah jedoch weder den Sonnenschein noch den Verkehr, der durch die Straßen flutete. Er glitt in die Vergangenheit, schilderte, was damals auf dem Dock passiert war, wie er sich selbst gesehen hatte, die Ärzte im Operationssaal, die Monate des Komas, seine Rückkehr.

Es war unmöglich, sich das vorzustellen, aber

Deborah fühlte den Schmerz und die Verzweiflung in ihrem eigenen Herzen. „Ich will nicht sagen, dass ich verstehe, was du erlebt hast. Niemand kann das. Aber es schmerzt mich, mir vorzustellen, was du durchgemacht hast und noch immer durchmachst."

Er sah sie an und beobachtete, wie ihr eine einzelne Träne über die Wange lief. „Als ich dich in jener Nacht in dieser Einfahrt sah, änderte sich mein Leben erneut. Ich konnte es genauso wenig verhindern wie beim ersten Mal." Sein Blick senkte sich zu der Maske, die sie festhielt. „Jetzt liegt mein Leben in deinen Händen."

„Ich wünschte, ich wüsste, was richtig ist."

Er kam zu ihr und hob die Hände zu ihrem Gesicht. „Gib mir etwas Zeit. Noch ein paar Tage."

„Du weißt nicht, was du von mir verlangst."

„Doch." Er hielt sie fest, als sie sich abwenden wollte. „Aber ich habe keine Wahl. Deborah, wenn ich nicht zu Ende führe, was ich begonnen habe, hätte ich genauso gut vor vier Jahren sterben können."

Sie öffnete den Mund, um zu widersprechen und zu protestieren, sah jedoch die Wahrheit seiner Worte in seinen Augen. „Gibt es denn keine andere Möglichkeit?"

„Nicht für mich. Nur noch ein paar Tage", wiederholte er. „Wenn du danach meinst, dass du mit deinem Wissen zu deinen Vorgesetzten gehen musst, werde ich es akzeptieren. Und die Konsequenzen ziehen."

Sie schloss die Augen. „Mitchell hat mir zwei Wochen gegeben", sagte sie dumpf. „Ich kann dir nicht mehr versprechen."

Er wusste, was sie das kostete, und hoffte, dass er eine Möglichkeit finden würde, um es ihr zu vergelten. „Ich liebe dich."

Sie öffnete die Augen und blickte in seine Augen. „Ich weiß", murmelte sie und lehnte den Kopf an seine Brust. Die Maske baumelte von ihren Fingern. „Ich weiß das."

Seine Arme, die er um sie gelegt hatten, vermittelten ihr das Gefühl einer soliden Wirklichkeit. Sie hob den Kopf wieder an, kam seinen Lippen mit ihren eigenen entgegen, ließ den Kuss warm und viel versprechend andauern, während ihr Gewissen einen lautlosen Kampf führte.

Was würde mit ihnen passieren? Ängstlich verstärkte sie ihren Griff und klammerte sich an ihn. „Warum kann es nicht einfach sein?" flüsterte sie. „Warum kann es nicht normal sein?"

Er konnte nicht zählen, wie oft er sich selbst diese Frage gestellt hatte. „Es tut mir Leid."

„Nein." Kopfschüttelnd zog sie sich zurück. „Mir tut es Leid. Es bringt nichts, hier zu stehen und zu jammern." Schniefend wischte sie die Tränen weg. „Ich weiß vielleicht nicht, was geschehen wird, aber ich weiß, was getan werden muss. Ich muss zur Arbeit. Vielleicht finde ich einen Ausweg." Sie hob eine Augenbraue. „Warum lächelst du?"

„Weil du perfekt bist. Absolut perfekt." Wie in der vorangegangenen Nacht hakte er eine Hand in den Gürtel ihres Morgenmantels. „Komm mit mir ins Bett. Ich zeige dir, was ich meine."

„Es ist fast Mittag", sagte sie, als er den Kopf senkte und an ihrem Ohr knabberte. „Ich muss arbeiten."

„Bist du sicher?"

Ihre Augen schlossen sich. Ihr Körper lehnte sich ihm entgegen. „Ah ... ja." Sie zog sich zurück, streckte beide Hände vor. „Ja, wirklich. Ich habe nicht viel Zeit. Keiner von uns."

„Na schön." Er lächelte erneut, als sie ihre Lippen schmollend verzog wegen seines schnellen Nachgebens. Vielleicht konnte er ihr mit ein wenig Glück etwas Normales bieten. „Unter einer Bedingung."

„Die wäre?"

„Ich habe heute Abend eine wohltätige Verpflichtung. Ein Dinner, ein paar Künstler, Tanz. Im ‚Parkside'."

„Im ‚Parkside'." Sie dachte an das alte, exklusive und elegante Hotel am City Park. „Sprichst du von dem Sommerball?"

„Ja. Ich wollte ihn auslassen, aber ich habe meine Meinung geändert. Willst du mich begleiten?"

Sie hob eine Braue. „Du fragst mich mittags, ob ich mit dir zu dem größten, glanzvollsten Ereignis in der Stadt gehen will – das von jetzt an in acht Stunden beginnt. Und du fragst mich zu einem Zeitpunkt, wo ich viel Arbeit habe und absolut keine Aussicht, einen Termin bei einem Friseur zu bekommen, und keine Minute frei, um das richtige Kleid zu kaufen."

„Damit wäre so ziemlich alles gesagt", meinte er.

Sie stieß den Atem aus. „Wann holst du mich ab?"

Um sieben stieg Deborah unter eine dampfend heiße Dusche, obwohl sie es nicht für möglich hielt, dass dadurch ihre Kopfschmerzen weggingen. Sechs Stunden vor einem Computerbildsschirm, einen Telefonhörer am Ohr, hatten nur minimale Resultate erbracht.

Jeder Name, den sie überprüft hatte, gehörte zu einem längst Verstorbenen. Jede Adresse war eine Sackgasse und jede Gesellschaft führte wieder zu einer Menge anderer.

Der gemeinsame Angelpunkt, wie Gage es genannt hatte, schien Frustration zu sein. Diesen Abend wollte sie sich gönnen. Aber wie Aschenputtel musste sie sich der Realität stellen, wenn der Ball vorüber war.

Mit energischen Bewegungen ging sie ins Schlafzimmer. Auf dem Bett ausgebreitet lag das Kleid, das sie vor weniger als einer Stunde gekauft hatte. Schicksal, dachte sie, während sie mit einer Hand über die schimmernden Pailletten strich. Gage hatte gesagt, dass er sie in Blau sehen wollte. Als sie hektisch in die Boutique jagte, hatte es da auf sie gewartet, fließend, in vollem Königsblau, mit silbrigen Pailletten besetzt. Und es passte wie ein Handschuh von dem halsfernen Ausschnitt bis zu dem die Knöchel umspielenden Saum.

Deborah war bei dem Preisschild zusammengezuckt und hatte dann die Zähne zusammengebissen. Und sie hatte alle Vorsicht und ein Monatsgehalt in den Wind geschossen.

Wenn sie jetzt in den Spiegel blickte, konnte sie es nicht bereuen. Die Bergkristallanhänger an ihren Ohren passten perfekt dazu. Ihre hoch- und zurückgekämmten Haare ließen ihre Schultern nackt. Sie drehte sich. Das Gleiche galt für den größten Teil ihres Rückens.

Sie zog gerade ihre Schuhe an, als Gage klopfte.

Sein Lächeln schwand, als sie die Tür öffnete. Ihre Lippen lächelten über das plötzliche und intensive Verlangen in seinen Augen. Sehr langsam beschrieb sie eine volle Drehung.

„Wie findest du es?"

Er entdeckte, dass er atmen konnte, wenn er es ganz langsam tat. „Ich bin froh, dass ich dir nicht mehr Zeit zum Vorbereiten gelassen habe."

„Warum?"

„Ich könnte nicht damit fertig werden, wärst du noch schöner."

Sie hob den Kopf an. „Zeig es mir."

Er hatte beinahe Angst davor, sie zu berühren. Sehr sachte legte er die Hände auf ihre Schultern und senkte den Mund auf den ihren. Doch ihr Geschmack traf ihn voll, ließ seine Finger anspannen, machte seinen Mund gierig. Murmelnd streckte er den Arm aus, um die Tür zu schließen.

„Oh nein." Sie war atemlos, aber entschlossen.

„Nachdem ich so viel für das Kleid bezahlt habe, will ich es auch ausführen."

„Immer praktisch." Er gab ihr einen letzten, langen Kuss. „Wir könnten zu spät kommen."

Sie lächelte ihn an. „Wir gehen zeitig weg."

Als sie ankamen, war der Ballsaal bereits angefüllt mit Glamourösen, Einflussreichen, Wohlhabenden. Bei Champagner und Horsd'ouvres betrachtete Deborah die Tische und die von Tisch zu Tisch Wandernden.

Der Gouverneur umarmte überschwänglich eine bekannte Schauspielerin, ein Verlagstycoon begrüßte per Wangenkuss einen Opernstar, der Bürgermeister grinste und lachte mit einem Bestseller-Autor.

„Deine übliche Clique?" murmelte Deborah und lächelte Gage zu.

„Ein paar Bekannte." Er stieß mit ihr an.

„Gage!" Arlo Stuart blieb an ihrem Tisch stehen und klopfte Gage auf die Schulter. „Schön, Sie zu sehen."

„Freut mich, dass Sie es geschafft haben."

„Das hätte ich nicht verpassen wollen." Arlo Stuart, ein großer, gebräunter Mann mit weißen Haaren und klaren grünen Augen, machte eine

Geste mit seinem Glas Scotch. „Hübsch haben Sie es hier gemacht. Ich war nicht mehr hier, seit Sie mit der Renovierung fertig wurden."

„Ich bin zufrieden."

Deborah brauchte nur einen Moment, um zu begreifen, dass die beiden über das Hotel sprachen. Und dass das Hotel Gage gehörte. Sie blickte zu den schweren Kristalllüstern hinauf. Sie hätte es wissen sollen.

„Ich mag es, wenn meine Konkurrenz Klasse besitzt." Arlo Stuart lenkte den Blick auf Deborah. „Da wir von Klasse sprechen. Ihr Gesicht kommt mir sehr bekannt vor."

„Arlo Stuart, Deborah O'Roarke."

Er ergriff Deborahs Hand und drückte sie herzlich. „O'Roarke ... O'Roarke." Arlo Stuarts Augen waren gleichzeitig freundlich und verschlagen. „Sie sind diese viel gerühmte Staatsanwältin? Die Zeitungsfotos werden Ihnen nicht annähernd gerecht."

„Danke, Mr. Stuart."

„Der Bürgermeister spricht sehr gut über Sie. Wir müssen später zusammen tanzen, damit Sie mir alles über unseren Freund Nemesis erzählen können."

Ihre Hand zuckte in der seinen, doch sie konnte

ihre Augen ruhig halten. „Das wäre eine kurze Unterhaltung."

Er ließ ihre Hand noch immer nicht los. „Wo haben Sie denn unsere aufstrebende Staatsanwältin kennen gelernt, Gage? Ich muss an den falschen Orten verkehren."

„In Ihrem Hotel, noch gar nicht so lange her", erwiderte Gage leichthin. „Die Wahlkampfparty des Bürgermeisters."

Arlo Stuart lachte herzhaft. „Nun, das wird mich lehren herumzulaufen und Stimmen für Fields zusammenzutrommeln, nicht wahr? Vergessen Sie nicht diesen Tanz."

„Bestimmt nicht", sagte sie und war dankbar, ihre Hand mitsamt den schmerzenden Fingern wieder in ihrem Schoß zu haben. Als Arlo Stuart wegging, bewegte Deborah ihre Finger. „Ist er immer so ... überschäumend?"

„Ja." Gage griff nach ihrer Hand und küsste sie. „Irgend etwas gebrochen?"

„Ich glaube nicht." Zufrieden, ihre Hand in seiner zu fühlen, sah sie sich im Saal um. Üppige Palmen, ein Springbrunnen, verspiegelte Decken. „Das ist also dein Hotel."

„Ja. Gefällt es dir?"

„Es ist in Ordnung." Sie zuckte die Schultern,

als er lachte. „Sollten wir nicht gesellschaftliche Pflichten wahrnehmen?"

„Das tue ich." Er drückte die Lippen leicht auf ihren Mund.

„Wenn du mich weiterhin so ansiehst ..."

„Sprich nicht weiter!"

Sie stieß unsicher den Atem aus. „Ich glaube, ich ziehe mich in den Waschraum zurück."

Auf halbem Weg durch den Ballsaal wurde Deborah vom Bürgermeister abgefangen. „Nur einen Moment, Deborah."

„Natürlich."

Mit einem Arm um ihre Taille und dem breiten Lächeln eines mit allen Wassern gewaschenen Politikers, steuerte er sie geschickt durch die Menge und durch die hohen Türen des Ballsaals.

„Ich finde, wir könnten ein wenig Abgeschiedenheit gebrauchen."

Sie warf einen Blick zurück und sah, dass Jerry Bower auf sie zukam. Auf ein Zeichen des Bürgermeisters blieb er stehen, warf Deborah einen entschuldigenden Blick zu und mischte sich wieder unter die Menge.

„Es ist eine sehr beachtliche Veranstaltung", bemerkte Deborah.

„Es hat mich überrascht, Sie hier zu sehen." Er drängte sie zu einer Nische mit Topfpflanzen und Münztelefonen. „Andererseits hätte ich es nicht sein sollen, da in letzter Zeit Ihr und Guthries Name so oft in einem Atemzug genannt wurde."

„Ich treffe mich mit Gage", sagte sie kühl. „Falls Sie das meinen. Auf einer privaten Ebene." Sie war bereits leid, in der Politik mitzuspielen. „Wollten Sie darüber mit mir sprechen, Bürgermeister? Über mein Privatleben?"

„Nur, soweit es Ihr Berufsleben berührt. Ich war besorgt und enttäuscht zu erfahren, dass Sie gegen meinen Wunsch diese Untersuchungen weiter betreiben."

„Gegen Ihren Wunsch?" erwiderte sie. „Oder Mr. Guthries Wunsch?"

„Ich habe seinen Standpunkt respektiert und stimmte mit ihm überein." In seinen Augen zeigte sich Ärger. „Offen gesagt, ich bin mit Ihrem Verhalten in dieser Angelegenheit nicht zufrieden. Ihr ausgezeichnetes Gebaren im Gerichtssaal wiegt nicht Ihre leichtsinnigen Fehler außerhalb auf."

„Leichtsinnig? Glauben Sie mir, Bürgermeister Fields, ich war nicht im Entferntesten leichtsinnig. Ich befolge in dieser Angelegenheit die Anweisungen meines Vorgesetzten. Ich habe diesen Fall begonnen, und ich werde ihn abschließen. Da wir auf derselben Seite stehen sollten, dachte ich, es würde Sie freuen, dass die Staatsanwaltschaft sich in diesem Fall so engagiert, nicht nur im Aufspüren und Anklagen der Drogenhändler, sondern auch in der Ergreifung Montegas, eines Copkillers."

„Sagen Sie mir nicht, auf welcher Seite ich stehe." Er stand sichtlich kurz davor, die Beherrschung zu verlieren. „Ich habe schon für diese Stadt gearbeitet, als Sie sich noch nicht die Schuhe zubinden konnten. Sie wollen mich doch nicht zu Ihrem Feind machen, junge Lady. Ich bin der Bürgermeister von Urbana, und ich habe die Absicht, dies auch in Zukunft zu bleiben. Junge, übereifrige Ankläger gibt es im Dutzend billiger."

„Drohen Sie mir damit, mich feuern zu lassen?"

„Ich warne Sie." Mit einer offensichtlichen Willensanstrengung brachte er sich unter Kontrolle. „Entweder arbeiten Sie für das System oder dagegen."

„Das weiß ich." Ihre Finger spannten sich fester um ihre Abendtasche.

„Ich bewundere Sie, Deborah", sagte er ruhiger. „Aber während Sie über Begeisterung verfügen, fehlt Ihnen Erfahrung, und ein solcher Fall erfordert erfahrenere Hände."

Sie gab keinen Schritt nach. „Mitchell hat mir zwei Wochen gegeben."

„Das ist mir bekannt. Achten Sie darauf, dass Sie sich in der Ihnen verbleibenden Zeit an die Spielregeln halten." Obwohl seine Augen noch immer Feuer sprühten, legte er onkelhaft eine Hand auf ihren Arm. „Genießen Sie den Abend. Das Menü ist ausgezeichnet."

Nachdem er sie allein gelassen hatte, blieb sie noch einen Moment vor Wut stehen, ehe sie den Waschraum für Damen ansteuerte. Drinnen warf sie ihre Handtasche auf eine Ablage und starrte in den Spiegel. Sie kochte innerlich. Plötzlich gingen die Lichter aus.

9. Kapitel

Deborah packte ihre Abendtasche und legte eine Hand auf die Ablage, um sich zu orientieren. Sagenhaftes Hotel, dachte sie, und dann brennt eine Sicherung durch! Obwohl sie versuchte, das Komische in der Situation zu sehen, hämmerte ihr Herz, als sie aufstand. Sie fluchte, als ihre Hüfte gegen den Sessel stieß, während sie in der Dunkelheit um sich tastete.

Obwohl es albern war, hatte sie Angst, und sie fühlte sich von der Dunkelheit eingeschlossen und erstickt.

Die Tür öffnete sich knarrend. Ein Lichtstrahl fiel herein. Dann herrschte wieder Dunkelheit.

„Hey, hübsche Lady."

Sie erstarrte und hielt den Atem an.

„Ich habe eine Nachricht für Sie." Die Stimme war hoch und pfeifend, mit einem Kichern am Ende eines jeden Satzes. „Keine Sorge. Ich tue Ihnen nichts. Montega will Sie ganz für sich haben, und er wäre richtig wütend, wenn ich Sie zuerst fertig machen würde."

Ihre Haut wurde eisig kalt. Er konnte sie nicht sehen. Das rief Deborah sich ins Gedächtnis, während sie gegen ihre lähmende Angst ankämpfte.

Dadurch standen die Chancen gleich. „Wer sind Sie?"

„Ich?" Wieder ein Kichern. „Sie haben nach mir gesucht, aber ich bin schwer zu finden. Deshalb nennt man mich Maus. Ich kann überall rein und raus."

Er bewegte sich lautlos auf sie zu. Deborah konnte das nur an der Richtung, aus der seine Stimme kam, vermuten. „Sie müssen sehr schlau sein." Nachdem sie gesprochen hatte, bewegte sie sich auch und schob vorsichtig einen Fuß nach links.

„Ich bin gut. Ich bin der Beste. Keiner ist besser als Maus. Ich soll Ihnen von Montega Grüße bestellen. Sie sollen wissen, dass er Sie im Auge behält. Ständig. Und Ihre Familie."

Für einen Moment stockte ihr das Blut in den Adern. Ihre Idee, sich an ihm vorbeizuschieben und zur Tür zu schlüpfen, schwand. „Meine Familie?"

„Er kennt auch in Denver Leute. Wirklich gute Leute." Er war jetzt so nahe, dass sie ihn riechen konnte. Aber sie wich nicht aus. „Wenn Sie mit uns zusammenarbeiten, sorgt er dafür, dass Ihre Schwester und der Rest der Familie heute Nacht ruhig und sicher in ihren Betten bleiben. Kapiert?"

Sie griff in ihre Tasche, fühlte das kühle Metall in ihrer Hand. „Ja, kapiert." Sie zog den Gegenstand heraus, zielte in die Richtung der Stimme und drückte ab.

Schreiend fiel er gegen die Sessel. Deborah rannte um ihn herum, rammte mit ihrer Schulter eine Wand, dann noch eine, bevor sie die Tür fand. Maus weinte und fluchte, während sie am Türgriff zog und die Tür blockiert fand. In Panik fuhr sie fort zu ziehen.

„Deborah! Geh weg von der Tür! Zurück!"

Sie tat taumelnd einen Schritt zurück und hörte einen schweren Aufprall. Noch einen. Die Tür flog krachend auf. Sie rannte in das Licht und in Gages Arme.

„Bist du in Ordnung?" Seine Hände glitten über sie, suchten nach Verletzungen.

„Ja. Ja." Sie vergrub ihr Gesicht an seiner Schulter, ignorierte die sich ansammelnde Menschenmenge. „Er ist da drinnen." Als er sich von ihr lösen wollte, klammerte Deborah sich noch fester an ihn. „Nein, bitte."

Gage nickte grimmig zwei Sicherheitsmännern zu. „Komm, setz dich."

„Nein, ich bin in Ordnung." Obwohl ihr Atem noch immer bebte, zog sie sich zurück und blickte in sein Gesicht. Sie sah Mord darin und verstärkte ihren Griff an ihm. „Wirklich. Er hat mich nicht einmal berührt. Er hat versucht, mir Angst einzujagen, Gage. Er hat mir nichts getan."

Seine Stimme war leise, als er ihr bleiches Gesicht betrachtete. „Soll ich ihn deshalb weniger umbringen wollen?"

Zwischen den zwei stämmigen Wächtern taumelte Maus schluchzend heraus, die Hände auf sein Gesicht gepresst. Deborah sah, dass er eine Kellneruniform trug.

Von dem Ausdruck in Gages Augen alarmiert, lenkte sie seine Aufmerksamkeit wieder auf sich. „Er ist in einem viel schlimmeren Zustand als ich. Ich habe das hier benützt." Mit einer unsicheren Hand hielt Deborah eine Spraydose Tränengas hoch. „Ich habe sie seit dem Abend in der Einfahrt bei mir."

Gage war nicht sicher, ob er lachen oder fluchen sollte. Stattdessen zog er sie an sich und küsste sie. „Sieht so aus, als könnte ich dich nicht mehr aus den Augen lassen."

„Deborah." Jerry Bower bahnte sich einen Weg durch die Umstehenden. „Bist du in Ordnung?"

„Ja. Was ist mit der Polizei?"

„Ich habe sie selbst gerufen." Jerry blickte Gage an. „Sie sollten sie von hier wegbringen."

„Es geht mir gut", behauptete Deborah und war froh, dass ihr bodenlanges Kleid ihre zitternden Knie verhüllte. „Ich werde auf dem Polizeirevier meine Aussage machen müssen. Aber zuerst muss ich einen Anruf erledigen."

„Ich rufe an, wen immer du willst." Jerry drückte rasch ihre Hand.

„Danke, aber das muss ich selbst machen." Sie erblickte hinter Jerry den Bürgermeister. „Du könntest mir aber einen Gefallen tun und mir Fields für eine Weile vom Hals halten."

„Wird gemacht." Jerry sah noch einmal Gage an. „Passen Sie auf sie auf."

„Das habe ich vor." Er zog sie dicht an seine Seite, führte sie von den Leuten weg, durchquerte die Lobby und steuerte die Aufzüge an.

„Wohin gehen wir?"

„Ich habe hier ein Büro, von dem aus du anrufen kannst." Im Aufzug drehte er sie wieder zu sich und hielt sie fest. „Was ist passiert?"

„Nun, ich kam nicht dazu, mir die Nase zu pudern." Sie drehte ihr Gesicht zu seinem Kragen, atmete tief ein. „Zuerst lauerte Fields mir auf und hat mir Rebellion vorgeworfen. Er ist mit meinem Verhalten gar nicht zufrieden." Als sich die Aufzugstüren öffneten, lockerte sie ihren Griff, so dass sie den Korridor entlanggehen konnte. "Als wir uns trennten, sah ich rot. Ich wollte im Waschraum mein Make-up auffrischen und meine Fassung wiedergewinnen." Sie beruhigte sich allmählich und war froh, dass das Zittern aufhörte. "Sehr elegant übrigens."

Er schoss ihr einen Blick zu, als er einen Schlüssel ins Schloss steckte. "Freut mich, dass es dir gefällt."

"Sehr." Sie betrat den Vorraum einer Suite und überquerte den dicken beigefarbenen Teppich. "Dann gingen die Lichter aus, und Maus kam herein." Ihr Magen verkrampfte sich erneut. "Er hatte für mich eine Botschaft von Montega."

Der Name, der bloße Name brachte Gages Muskeln dazu, sich anzuspannen. "Setz dich. Ich bringe dir einen Brandy."

"Das Telefon?"

"Direkt hier. Bedien dich."

Gage kämpfte mit seinen eigenen Dämonen, als er an die Bar trat, um die Karaffe und zwei Schwenker zu holen. Deborah war allein gewesen, und so erfindungsreich sie auch war, sie war verwundbar gewesen. Als er sie schreien hörte ... Seine Finger wurden an der Karaffe weiß. Wäre es Montega anstelle seines Boten gewesen, könnte sie jetzt tot sein. Und er wäre zu spät gekommen.

Nichts, das ihm jemals zugestoßen war, nichts, das ihm jemals in der Zukunft zustoßen konnte, wäre so vernichtend gewesen, wie Deborah zu verlieren.

Sie saß sehr gerade, sehr angespannt da, ihr Gesicht zu blass, ihre Augen zu dunkel. In der Hand hielt sie den Hörer, während sie mit der anderen die Schnur aufwickelte. Sie sprach hastig mit ihrem Schwager, wie Gage nach einem Moment erkannte.

Man hatte ihre Familie bedroht. Die Möglichkeit, dass ihren Angehörigen etwas zustoßen könnte, versetzte sie sichtlich in größeres Entsetzen als jeder Anschlag auf ihr Leben.

„Du musst mich täglich anrufen", verlangte sie. „Du sorgst dafür, dass Cilla im Radiosender bewacht wird. Die Kinder ..." Sie bedeckte das Gesicht mit einer Hand. „Gütiger Himmel, Boyd." Sie hörte einen Moment zu, nickte, versuchte zu lächeln. „Ja, ich weiß, ich weiß. Du bist nicht umsonst Captain geworden. Ich komme zurecht. Ja, ich werde vorsichtig sein. Ich liebe dich. Euch alle." Sie machte noch eine Pause, atmete tief ein. „Ja, ich weiß. Leb wohl."

Sie legte den Hörer zurück. Wortlos drückte

Gage ihr den Schwenker in die Hände. Sie hielt ihn einen Moment fest, starrte in die goldbraune Flüssigkeit. Mit einem weiteren tiefen Atemzug hob sie das Glas an ihre Lippen und nahm einen langen Schluck.

„Danke."

„Dein Schwager ist ein guter Cop. Er wird nicht zulassen, dass ihnen etwas passiert."

„Er hat Cilla vor Jahren das Leben gerettet. Damals verliebten sie sich ineinander." Sie blickte abrupt auf. Ihre Augen waren feucht und beredt. „Ich hasse das, Gage. Sie sind meine Familie, alles, was ich noch von meiner Familie habe. Die Vorstellung, dass etwas, das ich getan habe ... dass ... es könnte ..." Sie brach ab und lenkte sich von dem Undenkbaren ab. „Als ich meine Eltern verlor, dachte ich, nichts könnte mehr so schlimm sein. Aber das ..." Kopfschüttelnd blickte sie wieder in ihren Brandy. „Meine Mutter war ein Cop."

Er wusste es. Er wusste alles, aber er legte nur seine Hand auf die ihre und ließ sie reden.

„Sie war ein guter Cop, hat man mir zumindest erzählt. Ich war erst acht, als es passierte. Ich habe sie nicht gut gekannt, nicht wirklich. Sie war nicht dafür geschaffen, eine Mutter zu sein."

Sie tat es mit einem Schulterzucken ab, doch sogar in dieser lässigen Geste sah er ihre Narben.

„Und mein Vater", fuhr sie fort. „Er war Anwalt. Ein öffentlicher Verteidiger. Er hat sich sehr bemüht, alles zusammenzuhalten. Die Familie – die Illusion einer Familie. Aber er und meine Mutter haben es einfach nicht geschafft." Sie nippte wieder an dem Brandy, dankbar für seine besänftigende Glätte. „Zwei Uniformierte haben mich an jenem Tag aus der Schule geholt. Ich wusste sofort Bescheid. Ich wusste, dass meine Mutter tot war. So behutsam wie möglich haben sie mir gesagt, dass es beide waren. Alle beide. Irgendein Mistkerl, den mein Vater verteidigte, hatte eine Waffe eingeschmuggelt. Als sie im Besprechungszimmer waren, ist er durchgedreht."

„Es tut mir Leid, Deborah. Ich weiß, wie schwer es ist, seine Familie zu verlieren."

Sie nickte und stellte den leeren Schwenker beiseite. „Ich schätze, deshalb war ich so entschlossen, Juristin zu werden, eine Anklägerin. Meine Eltern haben ihr Leben dem Gesetz verschrieben und es verloren. Ich wollte nicht, dass es umsonst war. Verstehst du das?"

„Ja." Er zog ihre Hände an seine Lippen. „Aus welchen Gründen du auch entschieden hast, Juristin zu werden, es war die richtige Entscheidung. Du bist eine gute Juristin."

„Danke."

„Deborah." Er zögerte, weil er seine Gedanken sorgfältig ausdrücken wollte. „Ich respektiere sowohl deine Anständigkeit als auch deine Fähigkeiten."

„Ich fühle ein ‚Aber' heraufziehen."

„Ich möchte dich noch einmal bitten, dich von dieser Sache zurückzuziehen. Mir den Rest zu überlassen. Du wirst deine Chance bekommen zu tun, was du am besten kannst, nämlich Montega und den Rest der Bande anzuklagen."

Sie ließ sich einen Moment Zeit. „Gage, selbst wenn ich wollte, ich kann nicht, besonders jetzt nicht, nachdem sie meine Familie bedroht haben. Würde ich jetzt aufgeben, könnte ich mir selbst nie mehr vertrauen. Ich muss das zu Ende führen." Bevor er etwas sagen konnte, legte sie die Hände auf seine Schultern. „Ich stimme nicht mit dir überein. Ich weiß auch nicht, ob ich es jemals kann. Aber ich verstehe in meinem Herzen, was du tust und warum du es tun musst. Und das ist alles, was ich auch von dir verlange."

Wie konnte er widerstehen. „Dann haben wir jetzt ein Patt."

„Ich muss nach unten und meine Aussage machen." Sie stand auf und streckte die Hand aus. „Kommst du mit mir?"

Man ließ Deborah nicht mit Maus sprechen. Deborah schätzte, dass sie das überwinden konnte. Bis Montag sollte sie die Polizeiberichte haben, wenn schon nichts anderes. Strengste Sicherheitsvorkehrungen sorgten dafür, dass es unwahrscheinlich war, dass ihm ein ähnlicher Unfall zustieß wie Parino.

Für die Antworten, die sie brauchte, würde sie einen Handel mit Maus abschließen, genau wie sie mit dem Teufel einen Handel geschlossen hätte.

Sie machte ihre Aussage, wartete müde, bis sie getippt und bereit zur Unterschrift war. Endlich konnte sie gehen.

„Lange Nacht", murmelte Deborah.

„Du hast dich sehr gut gehalten." Gage legte die Hand an ihre Wange. „Du musst erschöpft sein."

„Genau genommen bin ich am Verhungern." Sie lächelte. „Wir hatten kein Abendessen."

„Ich kaufe dir einen Hamburger."

Lachend schlang sie die Arme um ihn. Vielleicht konnten ein paar Dinge, ein paar kostbare Dinge so einfach sein. „Mein Held."

Er drückte die Lippen seitlich an ihren Hals. „Ich kaufe dir ein Dutzend Hamburger", murmelte er. „Aber dann, um Himmels willen, Deborah, komm mit mir nach Hause."

„Ja." Sie wandte ihm die Lippen zu. „Ja."

Gage verstand es, die Szenerie vorzubereiten. Perfekt. Als Deborah neben ihm in das Schlafzimmer trat, fiel Mondschein durch die Fenster, Sternenglanz sickerte durch die Dachluke, Kerzenschein wärmte die Schatten. Rosenduft versüßte die Luft. Der Klang von hundert Geigen versetzte sie in eine romantische Stimmung.

Sie wusste nicht, wie er das alles geschafft hatte mit dem einzigen Telefonanruf, den er von dem lärmenden kleinen Restaurant aus gemacht hatte, in dem sie gegessen hatten. Es spielte für sie auch keine Rolle. Es war genug zu wissen, dass er daran gedacht hatte.

„Es ist schön." Sie war nervös, lächerlich nach der Leidenschaft der vorangegangenen Nacht. Doch ihre Beine waren unsicher, als sie zu der in einer Kristallschale voll Eis steckenden Champagnerflasche ging. „Du hast an alles gedacht."

„Nur an dich." Er küsste ihre Schulter, bevor er einschenkte. „Hier habe ich dich mir hundertmal vorgestellt. Tausendmal." Er reichte ihr ein Glas.

„Ich auch." Ihre Hand zitterte, als sie ihr Glas hob. Ihr Verlangen wollte sich endlich Bahn brechen. „Als du mich das erste Mal in dem Turm geküsst hast, haben sich ganze Welten geöffnet. So war es für mich nie vorher."

„Ich hätte dich beinahe in jener Nacht gebeten zu bleiben, obwohl du wütend warst." Er nahm ihr einen ihrer Ohrringe ab, liebkoste mit den Fingerspitzen das empfindsame Ohrläppchen. „Ich frage mich, ob du geblieben wärst."

„Ich weiß es nicht. Ich hätte es gewollt."

„Das ist fast genug." Er nahm ihr den zweiten Ohrring ab, legte beide auf den Tisch. Langsam zog er eine ihrer Haarnadeln heraus, dann die nächste, beobachtete sie. Ließ sie nicht aus den Augen. „Du fröstelst."

Seine Hände waren so sanft, sein Blick so drängend. „Ich weiß."

Er nahm ihr das Glas aus der Hand und stellte es beiseite. Während er die Augen auf sie gerichtet hielt, strich er mit den Fingerspitzen über ihren Nacken. „Du hast doch keine Angst vor mir?"

„Nur davor, was du mit mir machen kannst."

Etwas flackerte in seinen Augen, dunkel und gefährlich. Doch er senkte den Kopf und küsste zärtlich ihre Schläfe.

Mit sinnlich gesenkten Lidern flüsterte sie heiser: „Küss mich, Gage."

„Das werde ich." Sein Mund wanderte über ihr Gesicht, reizte sie, stellte sie nie zufrieden. „Das tue ich."

Ihr Atem ging bereits schneller. „Du brauchst mich nicht zu verführen."

Er fuhr mit einem Finger an ihrem nackten Rücken hinauf und hinunter und lächelte, als sie erschauerte. „Es ist mir ein Vergnügen." Und er wollte, dass es auch das ihre war.

In der vorangegangenen Nacht waren Leidenschaft und wildes, ärgerliches Verlangen aus ihm hervorgebrochen. Heute Nacht wollte er ihr die sanftere Seite der Liebe zeigen. Als sie sich schwankend gegen ihn lehnte, widerstand er den schnellen Pfeilen des Verlangens.

„Wir haben uns in der Dunkelheit geliebt", murmelte er, während er die drei Knöpfe in ihrem Nacken öffnete. „Heute möchte ich dich sehen."

Das Kleid glitt schimmernd an ihr herunter, bildete einen glitzernden See zu ihren Füßen. Sie trug nur ein Mieder aus Spitze, das ihre Brüste anhob und durchscheinend bis zu ihren Hüften reichte. Ihre Schönheit raubte ihm den Atem.

„Jedes Mal, wenn ich dich ansehe, verliebe ich mich erneut."

„Dann hör nicht auf, mich anzusehen." Sie tastete nach seiner Krawatte, ließ die Finger an die Manschettenknöpfe gleiten. „Hör nie auf." Sie teilte sein Hemd mit ihren Händen, presste den Mund auf die erhitzte Haut darunter. Ihre Zungenspitze hinterließ eine feuchte Spur, bevor sie den Kopf hob und einladend zurückfallen ließ. Ihre Augen strahlten in einem vollen blauen Leuchten unter ihren Wimpern. „Küss mich jetzt."

Genauso verführt wie sie, drückte er ihren Lippen ein Brandzeichen mit seinen Lippen auf. Zweifaches Stöhnen, leise und aus tiefer Kehle, erfüllte den Raum. Ihre Hände glitten langsam über seine Brust auf seine Schultern, um ihm das Dinnerjackett abzustreifen. Ihre Finger spannten sich an, wurden dann kraftlos schlaff, als sein Kuss sanfter, tiefer, weicher wurde.

Er hob sie auf die Arme, als wäre sie aus zerbrechlichem Kristall. Seine Augen auf sie gerichtet, hielt er sie so einen Moment, während sein Mund den ihren reizte und marterte, und er setzte diese federleichten Küsse fort, während er sie zu dem Bett trug.

Er setzte sich und zog sie auf den Schoß, und sein Mund setzte die stille Zerstörung ihres Verstandes fort. Ihre Augen schlossen sich, ihr Herz hämmerte unter seiner Hand. Er wollte sie so. Vollkommen lusterfüllt. Vollkommen ihm gehörend. Als er mehr und mehr von diesem warmen, exotischen Geschmack von ihren Lippen kostete, dachte er, er könne so stundenlang ausharren. Tagelang.

Sie fühlte jede unglaublich zarte Berührung, das Streicheln einer Fingerspitze, das Gleiten seiner Handfläche, die geduldige Forderung seiner Lippen. Ihr Körper erschien ihr so leicht wie die nach Rosen duftende Luft, doch ihre Arme waren zu schwer zum Anheben. Die Musik und Gages Murmeln vermischten sich in ihren Gedanken zu einem verführerischen Song. Darunter rauschte das heftige Dröhnen ihres eigenen rasenden Pulses.

Sie wusste, dass sie nie verwundbarer gewesen war und nie williger, Gage überallhin zu folgen.

Und das war Liebe: ein Verlangen, das grundlegender war als Hunger und Durst.

Ein lautloses, hilfloses Stöhnen entrang sich ihrer Kehle, als seine Lippen über die Rundungen ihrer Brüste strichen. Erotisch langsam glitt seine Zunge unter die feine Spitze, um ihre Knospe zu reizen. Seine Finger spielten über die Haut oberhalb ihrer Strümpfe, leicht, so leicht, glitten sie unter das Stoffdreieck.

Mit einer Berührung trieb er sie auf den ersten Gipfel. Sie straffte sich wie ein Bogen, und ihre Lust traf ihn wie ein Pfeil. Danach schien sie in seinen Armen zu schmelzen.

Atemlos, fast wie im Fieberwahn, tastete sie nach ihm. „Gage, lass mich ..."

Er erstickte ihren nächsten benommenen Aufschrei mit seinem Mund. Und während sie noch erschauerte, legte er sie auf das Bett.

Jetzt, dachte er. Er konnte sie jetzt nehmen, während sie vor ihm lag, heiß und feucht und bereit zur Übergabe. Mondlicht fiel auf ihre Haut, auf ihr Haar. Die weiße Spitze, die sie trug, war wie eine Illusion. Als sie ihn unter diesen schweren Wimpern hervor ansah, erkannte er das dunkle Flackern von Verlangen.

Er hatte ihr noch mehr zu zeigen.

Seine Knöchel berührten ihre Haut und ließen sie zusammenzucken, als er ihren Strumpf löste. Träge schob er ihn an ihrem Bein herunter und folgte der Spur mit sanften Küssen mit weit geöffnetem Mund. Seine Zunge glitt über ihre Kniekehle, über ihre Wade hinunter, bis sie sich in besinnungsloser Lust wand.

Von Empfindungen wie in Watte gepackt, tastete sie erneut nach ihm, doch er entzog sich ihr und wiederholte die köstlich verzehrenden Zärtlichkeiten an ihrem anderen Bein. Sein Mund wanderte wieder hoch, verharrte, wartete, bis er sie fand. Sein Name barst von ihren Lippen, als sie sich aufbäumte. Fast schluchzend klammerte sie sich erneut an ihn.

Und bei der ersten Berührung schien Kraft in sie einzuströmen.

Heiß traf ihre Haut auf die seine, aber es war nicht genug. Drängend zogen ihre Finger an seinem offenen Hemd, zerrten an den Säumen in ihrer Verzweiflung, mehr von ihm zu finden. Während sie die Seide beiseite riss, gruben ihre Zähne sich in seine Schulter. Sie fühlte seine Bauchmuskeln zucken und hörte ihn scharf Atem holen, als sie an dem Bund seiner Hose zog.

„Ich will dich." Ihr Mund heftete sich heißhungrig auf den seinen. „Himmel, wie ich dich will!"

Die Selbstbeherrschung, die er so scharf bewahrt hatte, entglitt ihm. Verlangen überwältigte ihn. Er atmete schwer, während er sich aus seiner Kleidung kämpfte.

Dann knieten sie mitten auf dem verwüsteten

Bett, zitternd, mit aufeinander gerichteten Augen, in denen Leidenschaft fieberte. Er hakte eine Hand unter die Spitze und zerriss sie mitten durch. Dann zog er Deborah an sich.

Während des rauen, unbeherrschten Ritts bog sie den Rücken durch. Ihre Hände glitten über seine schweißnassen Schultern, fanden Halt. Sie schluchzte seinen Namen, als sie von der schmalen Kante des klaren Verstandes abstürzte. Er schlang ihre Haare um seine Hand und trieb sie erneut hoch. Und wieder. Dann verschloss er ihren Mund mit dem seinen und folgte ihr.

Deborah lag schwach auf dem Bett, einen Arm über ihre Augen gelegt, der andere schlaff von der Matratze hängend. Sie wusste, dass sie sich nicht bewegen konnte, war nicht sicher, ob sie sprechen konnte, bezweifelte sogar, dass sie überhaupt atmete.

Doch als Gage einen Kuss auf ihre Schulter drückte, erschauerte sie erneut.

„Ich wollte sanft mit dir sein."

Sie schaffte es, die Augen zu öffnen. Sein Gesicht war nahe. Sie fühlte seine Finger in ihrem Haar. „Dann wirst du es eben noch einmal versuchen müssen, bis du es richtig hinkriegst."

Ein Lächeln spielte um seinen Mund. „Ich habe das Gefühl, dass das noch lange dauern wird."

„Gut." Sie zeichnete sein Lächeln mit einer Fingerspitze nach. „Ich liebe dich, Gage. Das ist das Einzige, was heute Nacht eine Rolle zu spielen scheint."

„Es ist das Einzige, was überhaupt eine Rolle spielt." Er legte seine Hand auf ihre. Die Berührung enthielt eine Bindung, die genauso tief und intim war wie ihre Vereinigung. „Ich hole dir Champagner."

Mit einem zufriedenen Seufzen lehnte sie sich zurück, als er aufstand und zwei Gläser holte. „Ich dachte nie, dass es so sein könnte. Ich dachte nie, dass ich so sein könnte."

„Wie?"

Sie erhaschte einen Blick auf sich selbst in dem großen Spiegel auf der anderen Seite des Raums – nackt zwischen Kissen und zerwühlten Laken hingegossen. „So lüstern." Sie lachte über ihre Wortwahl. „Am College hatte ich den Ruf, sehr kühl, sehr eifrig und sehr unnahbar zu sein."

„Die Schule ist schon aus." Er setzte sich auf das Bett, reichte ihr ein Glas und stieß mit ihr an.

„Vermutlich. Aber auch danach, als ich bei der Staatsanwaltschaft anfing, blieb mir der Ruf erhalten." Sie zog die Nase kraus. „Die ernste O'Roarke."

„Heute Nacht gibt es nur dich und mich. Ich brauche das, Deborah. Und du auch."

Sie nickte. „Du hast Recht. Ich bin schon wieder zu ernst."

„Das können wir ändern." Er hob lächelnd sein Glas zum Licht. Der Champagner perlte.

„Indem wir uns betrinken?" fragte sie mit hochgezogenen Augenbrauen.

„Mehr oder weniger." Als sich ihre Blicke trafen, lag ein Lächeln in ihnen. „Ich könnte dir doch eine weniger ... ernste Art zeigen, Champagner zu trinken." Er neigte sein Glas und ließ ein dünnes Rinnsal über ihre Brüste laufen.

10. Kapitel

Gage verlor vollkommen das Gefühl für Zeit, während er Deborah im Schlaf betrachtete. Die Kerzen waren in ihrem eigenen heißen, duftenden Wachs erloschen, und ihr Geruch trieb wie eine Erinnerung dahin. Deborah hatte eine Hand in seine gelegt, hielt sich sogar im Schlaf fest.

Die Schatten hoben sich, verblassten zu dem Perlgrau der Morgendämmerung. Er beobachtete, wie das zunehmende Licht auf ihr Haar, ihr Gesicht, ihre Schultern fiel. Genauso sachte folgte er dem Pfad des Lichts mit seinen Lippen. Aber er wollte sie nicht wecken.

Zu viel musste getan werden, zu viel, in das er Deborah noch nicht verwickeln wollte.

Er musste jetzt rasch vorgehen, weil jeder Tag, der ohne Antworten verstrich, ein weiterer Tag war, an dem Deborah in Gefahr schwebte. Es gab nichts Wichtigeres, als für ihre Sicherheit zu sorgen.

Er glitt von ihr weg und stand lautlos von dem Bett auf, um sich anzuziehen. Er musste Zeit aufholen, all die Stunden, die er mit ihr verbracht hatte und nicht auf den Straßen oder bei seiner Arbeit.

Er blickte zurück, als sie sich bewegte und sich tiefer in die Kissen schmiegte. Sie würde bis zum Morgen durchschlafen. Und er konnte arbeiten.

Er drückte einen Knopf unterhalb der geschnitzten Holztäfelung an der dem Bett gegenüberliegenden Wand. Ein Paneel glitt beiseite. Gage trat in die Dunkelheit und schloss die Öffnung hinter sich.

Deborah blinzelte schläfrig. Hatte sie geträumt? Sie hätte schwören können, dass Gage in einer Art Geheimgang verschwunden war. Verblüfft stützte sie sich auf die Ellbogen. Im Schlaf hatte sie nach ihm getastet, und als sie ihn nicht fand, war sie in dem Moment erwacht, in dem die Wand sich öffnete.

Kein Traum, versicherte sie sich, da er nicht neben ihr war und die Laken da, wo er gelegen hatte, bereits auskühlten.

Noch mehr Geheimnisse, dachte sie und fühlte den Kummer, den sein mangelndes Vertrauen in ihr auslöste. Nach den Nächten, die sie miteinander verbracht hatten, nach der Liebe, die er ihr gezeigt hatte, schenkte er ihr noch immer nicht sein Vertrauen.

Dann musste sie es sich nehmen, sagte Deborah sich, als sie das Bett verließ. Sie wollte nicht herumsitzen und schmollen oder bitten und betteln, sondern fordern. In seinem Schrank fand sie einen Morgenmantel, weiche Baumwolle, stahlgrau, für sie wadenlang. Ungeduldig rollte sie die Ärmel hoch, bis sie nicht mehr störten, und begann, nach dem Mechanismus zu suchen, der das Paneel öffnete.

Obwohl sie die ungefähre Stelle kannte, brauchte sie zehn frustrierende Minuten, um den Mechanismus zu finden, und weitere zwei, um herauszufinden, wie er funktionierte. Zufrieden stieß sie den Atem aus, als das Paneel beiseite glitt. Ohne zu zögern, betrat sie einen dunklen, schmalen Korridor.

Sie tastete sich mit einer Hand an der Wand entlang. Den erwarteten feuchten, unbewohnten Geruch fand sie nicht vor. Die Luft war sauber, die Wand glatt und trocken. Selbst als sich das Paneel hinter ihr schloss, fühlte sie sich in der völligen Dunkelheit nicht unbehaglich. Hier gab es bestimmt keine kratzenden und raschelnden Geräusche. Offenbar benutzte Gage diesen Durchgang häufig.

Sie suchte sich ihren Weg und strengte Augen und Ohren an. Korridore, gewunden wie Schlangen, zweigten von dem Hauptgang ab, aber Deborah folgte ihrem Instinkt und blieb auf der geraden Strecke. Bald darauf bemerkte sie vor sich ein schwaches Schimmern und bewegte sich etwas rascher. Eine halbkreisförmige Treppe mit abgerundeten Steinstufen führte in die Tiefe. Mit einer Hand fest auf dem dünnen Eisengeländer stieg sie die Treppe hinunter, wo sie drei Tunnels vor sich sah, die in verschiedene Richtungen führten.

„Verdammt, Gage, wohin bist du gegangen?" Ihr Flüstern erzeugte ein schwaches Echo, ehe es erstarb.

Sie straffte die Schultern, ging durch einen Bogen, änderte ihre Meinung und kehrte zu dem mittleren Gang zurück. Erneut zögerte sie. Dann hörte sie es – schwach und träumerisch im letzten Tunnel. Musik.

Sie tauchte erneut in Dunkelheit, folgte dem Klang, während sie sich vorsichtig über den abschüssigen Steinboden bewegte. Sie hatte keine Ahnung, wie tief sie sich befand, aber die Luft wurde rapide kühler. Die Musik wurde immer lauter, während die Helligkeit im Tunnel zunahm. Deborah hörte ein mechanisches Summen und ein Klappern wie von einer Schreibmaschine.

Als sie aus der Tunnelöffnung trat, konnte sie nur dastehen und staunen.

Es war ein enormer Raum, der einer Steinhöhle

glich mit seiner Kuppeldecke. Er erstreckte sich mehr als fünfzehn Meter in jede Richtung, war hell erleuchtet, mit einem riesigen Computersystem, mit Druckern und blinkenden Monitoren ausgerüstet. Fernsehschirme waren an einer Wandseite befestigt. Ein gewaltiger Plan von Urbana erstreckte sich über die gegenüberliegende Seite. Romantische Musik drang geisterhaft aus Lautsprechern, die sie nicht sehen konnte. Auf granitgrauen Arbeitsflächen standen Telefone, lagen stapelweise Fotos und Papiere.

Es gab einen Kontrollpult mit Schaltern und Knöpfen und Hebeln. Gage saß davor und ließ die Finger darüber huschen. Auf dem Plan blinkten Lichter. Gage beugte sich vor, arbeitete an den Reglern. Auf einem Computerschirm wurde die Karte reproduziert.

Er wirkte wie ein Fremder mit seinem grimmig angespannten Gesicht. Deborah fragte sich, ob er bewusst einen schwarzen Sweater und eine schwarze Jeans ausgesucht hatte.

Sie trat vor und kam die drei Steinstufen herunter. „Nun", begann sie, als er sich rasch umdrehte, „das hast du auf meiner Besichtigungstour ausgelassen."

„Deborah." Er stand auf und schaltete automatisch den Monitor ab. „Ich hatte gehofft, du würdest länger schlafen."

„Sicher hast du das gehofft." Sie schob die geballten Hände tiefer in seinen Morgenmantel. „Offenbar habe ich deine Arbeit unterbrochen. Ein interessantes ... Versteck", bemerkte sie ironisch. „Nemesis-Stil, würde ich sagen. Dramatisch, geheim." Sie schob sich an einer Reihe Computer vorbei an die Karte heran. „Und gründlich", murmelte sie. „Sehr gründlich." Sie wirbelte herum. „Eine Frage. Nur diese eine, die im Moment am wichtigsten erscheint. Mit wem schlafe ich eigentlich?"

„Ich bin derselbe Mann, mit dem du letzte Nacht zusammen warst."

„Tatsächlich? Bist du derselbe Mann, der mir gesagt hat, dass er mich liebt, der es mir auf Dutzende wundervolle Arten gezeigt hat? Ist das noch derselbe Mann, der mich im Bett zurückgelassen hat, um hierher zu kommen? Wie lange wirst du mich noch belügen?"

„Das hat nichts mit Belügen zu tun. Das ist etwas, das ich tun muss. Ich dachte, du würdest das verstehen."

„Dann hast du dich geirrt. Ich verstehe nicht, dass du das vor mir geheim halten wolltest. Dass du ohne mich arbeiten und Informationen vor mir zurückhalten wolltest."

Er schien sich vor ihren Augen zu verändern, wurde entrückt und kühl und hochmütig. „Du hast mir zwei Wochen Zeit gegeben."

„Verdammt, ich habe dir mehr als das gegeben. Ich habe dir alles gegeben." Ihre Augen schimmerten von Emotionen, als Schmerz und Zorn um die Vorherrschaft kämpften. Doch sie hob die Hand, als Gage Anstalten machte, auf sie zuzugehen. „Nein, nicht. Diesmal wirst du meine Gefühle nicht benützen."

„Also schön. Es hat nichts mit Gefühlen zu tun, sondern mit Logik. Das solltest du zu schätzen wissen, Deborah. Dies hier ist meine Arbeit. Deine Anwesenheit hier ist so unnötig, wie es meine Anwesenheit im Gerichtssaal wäre."

Sie spuckte das Wort förmlich aus. „Es ist nur logisch, wenn es deinen Zwecken dient. Hältst du mich für eine Närrin? Glaubst du, ich sehe nicht, was passiert?" Sie deutete scharf auf die Monitore. „Bleiben wir streng professionell. Du besitzt alle Informationen, die ich mühselig ausgegraben habe. Alle Namen, alle Zahlen und viel, viel mehr, als ich aufdecken konnte. Trotzdem hast du nichts davon verlauten lassen. Und hättest es auch nicht getan."

Die undurchdringliche Wand schloss sich wieder um ihn. „Ich arbeite allein."

„Ja, das ist mir bewusst." Bitterkeit floss in ihre Stimme ein, während sie auf ihn zuging. „Keine Partner. Ausgenommen im Bett. Dort bin ich für dich als Partner gut genug."

„Das eine hat nichts mit dem anderen zu tun."

„Alles hat damit zu tun!" Sie schrie fast. „Das eine hat alles mit dem anderen zu tun. Wenn du mir nicht in jeder Hinsicht vertrauen, mich in jeder Hinsicht respektieren, in jeder Hinsicht zu mir ehrlich sein kannst, dann gibt es gar nichts zwischen uns."

„Verdammt, Deborah, du weißt nicht alles." Er packte sie an den Armen. „Du verstehst nicht alles."

„Nein, allerdings nicht, aber auch nur, weil du es nicht zulässt."

„Weil ich es nicht zulassen kann", verbesserte er und hielt sie fest, als sie sich losreißen wollte. „Es gibt einen Unterschied, ob ich dich belüge oder Informationen zurückhalte. Das hier ist nicht schwarz oder weiß."

„Doch, ist es schon."

„Das sind gefährliche Männer. Ohne Gewissen, ohne Moral. Du hast kaum die Oberfläche angekratzt, und sie haben schon versucht, dich umzubringen. Ich werde dich keinem Risiko aussetzen." Er schüttelte sie, um jedes Wort zu unterstreichen. „Kein Risiko für dich!"

„Wenn du mich liebst, musst du den ganzen Menschen lieben, der ich bin. Ich fordere das, genau wie ich fordere, den ganzen Menschen, der du bist, zu kennen und zu lieben." Sie sah etwas in seinen Augen flackern und bekräftigte ihren Standpunkt. „Ich kann für dich keine andere werden, jemand, der dasitzt und darauf wartet, dass man sich um ihn kümmert."

„Darum bitte ich dich auch nicht."

„Nein? Wenn du mich jetzt nicht akzeptieren kannst, wirst du das nie können. Gage, ich will ein Leben mit dir. Nicht nur ein paar Nächte im Bett, sondern ein ganzes Leben. Kinder, ein Heim, Gemeinsamkeit. Aber wenn du mit mir nicht teilen kannst, was du weißt und wer du bist, kann es keine Zukunft für uns geben." Sie riss sich von ihm los. „Und wenn das der Fall ist, wäre es für uns beide besser, wenn ich dich jetzt verlasse."

„Nicht!" Er griff nach ihr, bevor sie sich abwenden konnte. So tief auch sein eigener Überlebensinstinkt saß, er war nichts im Vergleich zu einem Leben ohne sie. „Ich brauche dein Wort." Seine

Finger umschlossen die ihren. „Ich brauche dein Wort, dass du keinerlei Risiko eingehst und hierher zu mir ziehst, wenigstens bis das alles vorüber ist. Was immer wir hier finden, muss hier bleiben. Du kannst nicht riskieren, es zur Staatsanwaltschaft zu bringen. Noch nicht."

„Gage, ich bin verpflichtet ..."

„Nein", unterbrach er sie. „Was immer wir tun, was immer wir finden, bleibt hier, bis wir für den entscheidenden Schlag bereit sind. Mehr als das kann ich dir nicht anbieten, Deborah. Ich bitte dich lediglich um einen Kompromiss."

Der ihn viel kostete. Sie konnte es erkennen.

„Also schön. Ich werde nichts zu Mitchell tragen, bevor wir beide uns sicher sind. Aber ich will alles, Gage. Alles." Ihre Stimme wurde ruhiger, ihre Hände sanfter. „Glaubst du, ich erkenne nicht, dass du etwas vor mir verbirgst, das nichts mit geheimen Räumen oder Daten zu tun hat? Ich weiß es, und es tut mir weh."

Er wandte sich ab. Wenn er ihr alles geben musste, hatte er keine andere Wahl, als bei sich selbst zu beginnen. Die Stille dehnte sich zwischen ihnen, bevor er sie durchbrach. „Es gibt etwas, das du nicht über mich weißt, Deborah. Etwas, das dir vielleicht nicht gefallen wird oder das du nicht akzeptieren kannst."

Ihr Mund wurde trocken, und ihr Puls schlug unregelmäßig. „Hast du so wenig Vertrauen zu mir?"

Er legte sein ganzes Vertrauen in sie. „Ich hatte kein Recht, die Dinge zwischen uns sich so weit entwickeln zu lassen, ohne dir klar zu machen, was ich bin." Er streckte die Hand aus, um ihre Wange zu berühren, und hoffte, es würde nicht das letzte Mal sein. „Ich wollte dir keine Angst einjagen."

„Du jagst mir jetzt Angst ein. Was immer du mir zu sagen hast, sag es mir einfach. Wir finden dann schon einen Weg."

Wortlos ging Gage zu der Steinwand, drehte sich um und sah Deborah an. Und plötzlich hatte sie Schwierigkeiten, ihn zu erkennen, ihren Blick auf ihn gerichtet zu halten. Sie glaubte ihn zu sehen, sah Steinwand ... oder doch Gage ... dann nur die Steinwand ... als würde ihr jemand einen Schleier vor die Augen legen, einen Schleier, auf dem sich das Abbild der Wand befand, so dass es Gage verdeckte ...

Noch während ihr Verstand nicht verarbeitet hatte, was ihre Augen zu sehen glaubten, kehrte er zurück, ein Stück neben der Stelle, an der sie ihn zuletzt klar und deutlich gesehen hatte.

Deborah räusperte sich. „Seltsamer Zeitpunkt für Zauberkunststücke!"

„Das ist kein Kunststück." Er ging auf sie zu und fragte sich, ob sie vor ihm zurückweichen würde. „Zumindest nicht so, wie du es meinst."

„Alle diese Geräte, die du hier unten hast ..." Sie klammerte sich an Logik. „Was immer du eingesetzt hast, es erzeugt eine beachtliche optische Illusion." Sie schluckte. „Ich schätze, das Pentagon wäre daran interessiert."

„Es ist keine Illusion." Er berührte ihren Arm, und obwohl sie sich nicht vor ihm zurückzog, war ihre Haut kalt. „Du hast Angst vor mir."

„Das ist absurd." Doch ihre Stimme zitterte. „Es war nur ein Trick, ein sehr wirkungsvoller, aber ..."

Sie brach ab, als er, direkt vor ihr stehend, erneut immer schwerer auszumachen war, bis er nur noch wie ein Rauchschleier wirkte.

„Oh Himmel, das ist unmöglich." Erschrocken tastete sie nach ihm und atmete auf, als er sich wieder klar zeigte.

„Es ist möglich." Er legte die Hand sanft an ihre Wange.

Sie hob ihre zitternden Finger zu den seinen. „Lass mir einen Moment Zeit." Vorsichtig wandte sie sich ab und ging ein paar Schritte weg. Die Zurückweisung traf ihn wie eine Klinge.

„Es tut mir Leid." Mit großer Anstrengung hielt er seine Stimme unter Kontrolle. „Ich wusste keine bessere Möglichkeit, es dir zu zeigen. Hätte ich versucht, es zu erklären, hättest du mir nicht geglaubt."

„Nein, nein, das hätte ich nicht getan." Sie hatte es gesehen. Trotzdem wollte ihr Verstand noch immer behaupten, dass sie es nicht gesehen hatte. Ein Kunststück, ein Trick, mehr nicht! Obwohl es angenehm gewesen wäre, alles abzuweisen, erinnerte sie sich daran, wie oft Nemesis vor ihren Augen scheinbar verschwunden war.

Sie drehte sich um und sah, dass Gage sie angespannt beobachtete. Kein Trick. Als sie die Wahrheit akzeptierte, rieb sie mit den Händen über ihre Arme, um sie zu wärmen.

„Wie machst du das?"

„Ich bin mir nicht ganz sicher. Irgendetwas ist mit mir geschehen, während ich im Koma lag. Irgendetwas hat mich verändert. Ein paar Wochen nach meinem Erwachen entdeckte ich durch Zufall, dass ich andere Menschen so beeinflussen kann, dass sie mich kaum oder gar nicht wahrnehmen."

Sie fasste sich an den Kopf und stieß ein kurzes, bebendes Lachen aus. „Ich weiß, dass ich dich nicht verstehe."

„Ich verschwieg, was ich bin. Darin war ich nicht ehrlich zu dir. Der Mann, in den du dich verliebt hast, war normal."

Verblüfft ließ sie die Hand sinken. „Ich kann dir nicht folgen. Ich habe mich in dich verliebt."

„Verdammt, ich bin nicht normal!" Seine Augen blitzten wütend. „Ich werde es nie sein. Ich werde diese Fähigkeit mit mir herumschleppen, bis ich sterbe. Ich kann dir nicht sagen, woher ich es weiß. Ich weiß es eben."

„Gage ..." Doch als sie die Hand nach ihm ausstreckte, wich er zurück.

„Ich will nicht dein Mitleid."

„Du hast es gar nicht", fauchte sie. „Warum auch? Du bist nicht krank. Wenn überhaupt, dann bin ich wütend, weil du das vor mir zurückgehalten hast. Und ich weiß auch, warum." Sie fuhr sich mit beiden Händen durch das Haar, während sie ein Stück von ihm wegging. „Du hast gedacht, ich würde davonlaufen, nicht wahr? Du hast gedacht, ich wäre zu schwach, zu dumm oder zu zerbrechlich, um damit fertig zu werden. Du hast meiner Liebe nicht vertraut." Der Zorn kam so schnell, dass sie ihn blindlings gegen Gage richtete. „Du hast meiner Liebe nicht vertraut", wiederholte sie. „Zum Teufel mit dir! Ich liebe dich, und ich werde dich immer lieben!"

Sie wirbelte herum und lief zu der Treppe. Er fing sie an der untersten Stufe ab, drehte sie zu sich herum und zog sie an sich, während sie ihn verwünschte und sich wehrte.

„Nenne mich, was du willst." Er hielt sie an den Schultern fest und schüttelte sie einmal. „Ohrfeige mich meinetwegen, aber verlass mich nicht!"

„Das hast du von mir erwartet, nicht wahr?" Sie warf den Kopf zurück und drängte von ihm weg. „Du hast erwartet, dass ich mich umdrehe und weglaufe."

„Ja."

Sie wollte ihn anschreien. Dann sah sie, was in seinen Augen stand, was er so heftig unterdrückte. Es war Angst. Die Vorwürfe schmolzen dahin. „Du hast dich getäuscht", sagte sie ruhig. Ihre Augen noch immer auf seine gerichtet, legte sie die Hände an sein Gesicht, stellte sich auf die Zehenspitzen und küsste ihn.

Ein Schauer. Von ihm, von ihr. Eine doppelte Woge der Erleichterung. Er zog sie wieder an sich, heftig, verzehrend. So groß seine Angst auch gewesen war, jetzt wurde sie von Verlangen ersetzt. Es war nicht Mitleid, was er auf ihren Lippen schmeckte, sondern Leidenschaft.

Kleine verführerische Laute entrangen sich ihrer Kehle, als sie sich von dem Morgenmantel befreite. Sie tat mehr, als nur sich selbst anzubieten. Sie forderte, dass er sie so nahm, wie sie war, dass er sich selbst nehmen ließ. Mit einer Verwünschung, die in einem Stöhnen endete, ließ er die Hände über sie gleiten. Er war in Wahnsinn gefangen, einem reinigenden Wahnsinn.

Ungeduldig zerrte sie an seinem Hemd. „Liebe mich." Ihre Augen blickten ihn so herausfordernd an, wie ihre Stimme klang. „Liebe mich jetzt."

Sie zog noch an seinen Kleidern, während sie beide zu Boden sanken.

Wild und hektisch. Erhitzt und hungrig. Sie trafen aufeinander. Kraft sprang über wie sturmentfachte Flammen. So war es bisher jedes Mal zwischen ihnen gewesen, aber jetzt war da noch mehr, dachte sie, während ihr Körper immer wieder erschauerte. Jetzt waren sie eine Einheit. Gefühl füreinander mischte sich mit Vertrauen, Verwundbarkeit und Hunger. Sie hatte Gage nie heftiger begehrt.

Ihre Hände gruben sich in sein dunkles Haar, als

sie sich über ihn erhob. Sie musste sein Gesicht sehen, seine Augen. „Ich liebe dich." Der Atem stockte in ihrer Kehle. „Lass dir zeigen, wie sehr ich dich liebe."

Beweglich und rasch schob sie sich über ihn, strich mit dem Mund über seinen Hals, seine Brust, hinunter zu seinen harten Bauchmuskeln, die unter ihren feuchten, suchenden Lippen erbebten. Das Blut pochte in seinem Kopf, seinem Herzen, seinen Lenden.

Sie war ein Wunder, das zweite, das ihm während seines Lebens geschenkt worden war. Als er nach ihr griff, griff er nach Liebe und Rettung.

Ihre Augen waren offen, ihre Körper vereint, bis sie gemeinsam den endgültigen Schritt taten.

Kraftlos sank Deborah auf ihn. Ihr Mund strich über seinen, ehe sie den Kopf an seine Schulter lehnte. Nie hatte sie sich schöner, begehrenswerter und vollständiger gefühlt als bei dem wilden Trommeln seines Herzens unter ihr.

Ihre Lippen lächelten, als sie den Kopf drehte und sie an seinen Hals drückte. „Das war meine Art, dir zu zeigen, dass du an mir festhängst."

„Ich mag die Art, wie du dich ausdrückst." Sanft strich er mit einer Hand an ihrem Rückgrat auf und ab. Sie gehörte ihm. Er war ein Narr, dass er jemals daran gezweifelt hatte. An ihr gezweifelt hatte. „Soll das heißen, dass mir verziehen wurde?"

„Nicht unbedingt." Sie stützte sich auf seine Schultern und stemmte sich hoch. „Ich verstehe nicht, wer du bist. Vielleicht werde ich das nie tun. Aber eines verstehe ich. Ich will alles oder nichts."

Er legte sehr leicht seine Hand auf die ihre. „Ist das ein Heiratsantrag?"

Sie zögerte nicht. „Ja."

„Willst du jetzt eine Antwort?"

Sie zog ihre Augen zusammen. „Ja. Und glaube nicht, dass du da herauskommst, indem du einfach verschwindest. Ich würde ganz einfach nur warten, bis du wiederkommst."

Er lachte, erstaunt, dass sie über etwas scherzen konnte, wovon er so sicher gewesen war, dass es sie abstoßen würde. „Dann vermute ich, wirst du einen anständigen Mann aus mir machen müssen."

„Das habe ich vor." Sie küsste ihn kurz und schlüpfte in den Morgenmantel. „Keine lange Verlobungszeit."

„Okay."

„Sobald wir die Sache abschließen und Cilla und Boyd die Kinder herbringen können, heiraten wir."

„Einverstanden." Humor tanzte in seinen Augen. „Noch etwas?"

„Ich will sofort Kinder."

Er zog seine Jeans an. „Irgendeine bestimmte Anzahl?"

„Eines nach dem anderen."

„Klingt vernünftig."

„Und ..."

„Warte einen Moment." Er ergriff ihre Hände. „Deborah, ich will mit dir verheiratet sein, den Rest meines Lebens mit dir verbringen und wissen, dass ich dich jedesmal finde, wenn ich die Hand nach dir ausstrecke. Und ich will eine Familie, unsere Familie." Er presste die Lippen auf ihre Finger. „Ich will immer mit dir zusammen sein." Er sah, wie sie Tränen zurückdrängte, und küsste sie sanft. „Aber im Moment möchte ich etwas anderes."

„Was?"

„Frühstück."

Mit einem erstickten Lachen schlang sie die Arme um ihn. „Ich auch."

Deborah und Gage aßen in der Küche, lachend und sich wohl fühlend, als hätten sie schon immer die erste Mahlzeit des Tages miteinander geteilt.

Als Frank hereinkam, blieb er in der Küchentür stehen und nickte Deborah höflich zu. „Brauchen Sie heute Morgen etwas, Mr. Guthrie?"

„Sie weiß Bescheid, Frank." Gage legte die Hand an Deborahs Arm. „Sie weiß alles."

Ein breites Grinsen erschien auf Franks ernstem Gesicht. „Na, war ja auch Zeit." Alle vorgespielte Förmlichkeit fiel von ihm ab, als er durch die Küche schlenderte und nach einem Toast griff. Er setzte sich in die halbkreisförmige Frühstücksecke, biss in den Toast und winkte mit der verbliebenen Hälfte. „Ich habe ihm gleich gesagt, dass Sie nicht abhauen, wenn Sie seine Nummer mit dem Verschwinden sehen. Dafür sind Sie zu tough."

„Danke." Deborah lachte leise, und der Rest der Toastscheibe verschwand mit einem Bissen.

„Ich kenne mich mit Menschen aus", fuhr Frank fort und nahm ein Tablett mit Schinken von Gage entgegen. „In meinem Beruf – meinem früheren Beruf – musste man jemanden schnell einschätzen. Und ich war gut, wirklich gut ... richtig, Gage?"

„Richtig, Frank."

„Ich konnte ein Opfer schon über zwei Blocks ausmachen." Er deutete mit einem Stück Schinken auf Deborah. „Sie sind kein Opfer."

Und sie hatte ihn als starken, stillen Typ eingeschätzt. "Sie sind schon lange bei Gage?"

"Acht Jahre – nicht gezählt die paar Mal, die er mich eingebuchtet hat." Er grinste. "Hey, ich mag sie, Gage. Sie ist in Ordnung. Ich habe Ihnen gleich gesagt, dass sie in Ordnung ist."

"Ja, das haben Sie. Deborah bleibt hier, Frank. Was halten Sie davon, Trauzeuge zu werden?"

"Im Ernst?" Deborah dachte, dass Franks Grinsen jetzt nicht noch breiter werden konnte. Dann sah sie das Glitzern von Tränen in seinen Augen. In diesem Moment verlor sie ihr Herz an ihn.

"Im Ernst." Sie beugte sich vor, nahm seinen großen Kopf zwischen ihre Hände und küsste ihn fest auf den Mund. "Hier, Sie sind der Erste, der die zukünftige Braut küssen darf."

"Was sagt man dazu." Bei seinem feuerrot anlaufenden Gesicht musste Deborah das Lachen unterdrücken. "Was sagt man dazu."

"Ich möchte, dass Deborah heute ein paar Sachen herbringt", warf Gage ein.

Sie blickte auf den Morgenmantel hinunter. Abgesehen von diesem geliehenen Kleidungsstück hatte sie noch ein Abendkleid, ein Paar Strümpfe und eine Abendtasche dabei. "Ich könnte ein paar Dinge gebrauchen." Doch sie dachte an den großen Raum im Keller, an die Computer, an die Informationen, die Gage in der Hand hatte.

Gage hatte keine Schwierigkeiten, ihrem Gedankengang zu folgen. „Hast du jemanden, der dir das Nötige zusammenstellen kann? Frank könnte in dein Apartment fahren und die Sachen holen."

„Ja. Ich dachte an Mrs. Greenbaum. Ich rufe eben an."

Eine halbe Stunde später war Deborah wieder in Gages Geheimgewölbe, eine seiner Jeans mit dem Gürtel seines Morgenmantels hochgebunden, und ein weißes Hemd an, das bis zu ihren Schenkeln reichte. Die Hände in die Hüften gestützt, betrachtete sie die Karte, während Gage erklärte.

„Das sind Punkte, an denen größere Drogendeals stattgefunden haben. Ich konnte ein paar der Boten überprüfen."

„Warum hast du die Informationen nicht der Polizei übergeben?"

Er warf ihr einen kurzen Blick zu. In diesem Punkt mochten sie nie übereinstimmen. „Das würde der Polizei nicht helfen, näher an die Spitzenmänner heranzukommen. Im Moment arbeite ich an dem Muster." Er trat an einen der Computer und winkte Deborah gleich darauf zu sich. „Keine der Übergaben ist von den anderen weniger als zwanzig Blocks entfernt." Er deutete auf die Wiedergabe auf dem Monitor. „Die Zeitspanne zwischen den einzelnen Übergaben ist ungefähr gleich." Er drückte ein paar Tasten. Eine Liste von Daten rollte über den Schirm. „Zwei Wochen, manchmal drei."

Sie betrachtete konzentriert den Schirm. „Kann ich davon einen Ausdruck haben?"

„Warum?"

„Ich möchte es durch meinen Computer im Büro laufen lassen. Sehen, ob ich irgendwelche Querverbindungen finde."

„Das ist nicht sicher." Bevor sie widersprechen konnte, ergriff er sie an der Hand und führte sie an einen anderen Arbeitsplatz. Er tippte einen Code in die Tastatur und holte eine Seite auf den Schirm. Deborah blieb vor Überraschung der Mund offen stehen, als sie ihre eigene Arbeit auf dem Monitor sah.

„Du hast mein System angezapft", murmelte sie.

„Der Punkt ist, wenn ich es kann, kann es auch ein anderer. Alles, was du brauchst, findest du hier."

„Offenbar." Sie setzte sich und wusste absolut

nicht, was sie davon halten sollte, dass Gage oder sonst jemand ihr über die Schulter sah, wenn sie arbeitete. „Bin ich auf der richtigen Fährte?"

Wortlos tippte er einen neuen Code ein. „Du hast dich nach den Gesellschaften und den Direktoren gerichtet. Ein logischer Ansatzpunkt. Wer immer diese Organisation aufgezogen hat, versteht sein Geschäft. Vor vier Jahren hatten wir nicht die Informationen oder die Technik, um so nahe heranzukommen. Deshalb mussten wir losziehen und den Ring ganz persönlich infiltrieren." Namen glitten vorbei, von denen sie einige erkannte, andere nicht. Bei allen war „verstorben" vermerkt. „Damals klappte es nicht, weil es ein Leck gab. Jemand, der über die getarnte Aktion Bescheid wusste, gab die Information an die andere Seite weiter. Montega hat auf uns gewartet. Er wusste, dass wir Cops waren. Er musste an jenem Abend auch genau unsere Aufstellung gekannt haben, bis zum letzten Mann. Andernfalls hätte er nie zwischen den Teams unserer Rückendeckung durchschlüpfen können."

„Ein anderer Cop?"

„Das ist eine Möglichkeit. Wir hatten an jenem Abend zehn handverlesene Männer im Team. Ich habe jeden Einzelnen überprüft, ihre Bankkonten, ihre Akten, ihren Lebensstil. Soweit habe ich nichts gefunden."

„Wer wusste noch Bescheid?"

„Mein Captain, der Commissioner, der Bürgermeister." Er machte eine unruhige Bewegung mit den Schultern. „Vielleicht noch mehr Leute. Wir waren nur Cops. Sie haben uns nicht alles gesagt."

„Wenn du das Muster findest, was dann?"

„Ich warte. Ich beobachte, und ich verfolge. Der Mann mit dem Geld führt mich zu dem Mann mit der Befehlsgewalt. Und er ist derjenige, den ich haben will."

„Während du danach suchst, möchte ich mich auf die Suche nach Namen konzentrieren – auf den gemeinsamen Angelpunkt."

„In Ordnung." Er strich ihr über das Haar und ließ die Hand auf ihrer Schulter liegen. „Dieses Gerät ist ähnlich dem, das du im Büro benützt. Es hat ein paar ..."

„Woher weißt du das?" unterbrach sie ihn.

Er musste lächeln. „Deborah ... es gibt nichts, was ich nicht über dich weiß."

Unbehaglich rückte sie ab und stand auf. „Finde ich meinen Namen in einem dieser Geräte eingespeichert?"

Er beobachtete sie und wusste, dass er sich auf

dünnem Eis bewegte. „Ja. Ich sagte mir, es sei Routine, aber in Wahrheit war ich in dich verliebt und gierig nach allen Details. Ich weiß auf die Minute, wann du geboren wurdest und wo. Ich weiß, dass du dir mit fünf das Handgelenk gebrochen hast, als du von einem Fahrrad gefallen bist, und dass du nach dem Tod deiner Eltern zu deiner Schwester und ihrem ersten Ehemann gezogen bist. Und nachdem deine Schwester sich hat scheiden lassen, bist du mit ihr herumgezogen. Richmond, Chicago, Dallas. Endlich Denver, wo du das College cum laude innerhalb von drei Jahren bestanden hast. Danach bist du hierher zur Staatsanwaltschaft gekommen, obwohl du Angebote von Spitzenanwaltsfirmen hattest."

Sie rieb die Hände an der Jeans. „Es ist seltsam, eine solche Kurzversion seines Lebens zu hören."

„Es gab Dinge, die ich nicht von dem Computer erfahren konnte." Die wichtigen Dinge, dachte er. Die lebenswichtigen Dinge. „Wie dein Haar duftet, wie deine Augen indigofarben werden, wenn du wütend oder erregt bist. Welche Gefühle du in mir auslöst, wenn du mich berührst. Ich will nicht abstreiten, dass ich in deine Privatsphäre eingedrungen bin, aber ich werde mich nicht dafür entschuldigen."

Sie stieß den Atem aus. „Ich kann vermutlich nicht allzu beleidigt sein, da ich dich auch überprüft habe."

Er lächelt. „Ich weiß."

Sie schüttelte lachend den Kopf. „Also gut, machen wir uns an die Arbeit."

Sie hatten gerade Platz genommen, als eines der drei Telefone auf der langen Arbeitsfläche klingelte. Deborah blickte kaum hoch, als Gage den Hörer abhob.

„Guthrie."

„Gage, hier ist Frank. Ich bin in Deborahs Apartment. Sie sollten lieber herkommen."

11. Kapitel

Deborahs Herz schlug heftig, als sie aus dem Aufzug und durch den Korridor hetzte, einen Schritt vor Gage. Franks Anruf hatte sie beide in Rekordzeit in Gages Aston Martin quer durch die Stadt jagen lassen.

Die Tür stand offen. Deborah erstarrte auf der Schwelle und hielt den Atem an, als sie die Zerstörung ihres Apartments sah. Vorhänge waren zerschnitten, Erinnerungsstücke zerschlagen, Tische und Stühle böswillig zerbrochen und in Trümmern auf den Boden geschleudert. Das erste Stöhnen entschlüpfte ihr, bevor sie Lil Greenbaum auf den Überresten des aufgeschlitzten Sofas entdeckte, ihr Gesicht tödlich weiß.

„Oh Himmel!" Sie lief zum Sofa und sank vor der alten Dame auf die Knie. „Mrs. Greenbaum!" Sie griff nach der kalten zerbrechlichen Hand.

Lils dünne Lider hoben sich bebend, und ihre kurzsichtigen Augen versuchten, ohne die Hilfe der Brille etwas zu erkennen. „Deborah ..." Obwohl ihre Stimme schwach war, brachte sie ein leichtes Lächeln zustande. „Das hätten die nie geschafft, hätten sie mich nicht überrascht."

„Sie sind verletzt." Sie blickte auf, als Frank mit

einem Kissen aus dem Schlafzimmer kam. „Haben Sie einen Krankenwagen gerufen?"

„Sie hat es nicht zugelassen." Sachte schob er das Kissen unter Lils Kopf.

„Brauche keine Ambulanz. Hasse Krankenhäuser. Nur eine Beule am Kopf", sagte Lil und drückte Deborahs Hand. „Es ist nicht meine erste."

„Wollen Sie, dass ich vor Sorge krank werde?" Während sie sprach, schob Deborah die Finger an Lils Puls.

„Ihr Apartment befindet sich in einem schlimmeren Zustand als ich."

„Meine Sachen lassen sich leicht ersetzen. Aber wie sollte ich Sie ersetzen?" Sie küsste Lils knochige Hand. „Bitte, für mich."

Lil gab sich geschlagen und stieß einen Seufzer aus. „Also gut, dann sollen sie an mir herumfummeln, aber ich bleibe nicht im Krankenhaus."

„Auch gut." Sie drehte sich um, doch Gage hob schon den Hörer ab.

Die Leitung war tot.

„Mrs. Greenbaums Apartment liegt genau gegenüber."

Gage nickte Frank zu.

„Die Schlüssel ...", begann Deborah.

„Frank braucht keine Schlüssel." Gage kauerte

sich neben Deborah. „Mrs. Greenbaum, können Sie uns schildern, was geschehen ist?"

Sie betrachtete ihn, wobei sie die Augen zusammenkniff und aufriss, als sie ihn einigermaßen klar sah. „Ich kenne Sie, nicht wahr? Sie haben Deborah gestern abgeholt, herausgeputzt mit einem Smoking."

Er lächelte sie an.

„Mrs. Greenbaum." Deborah ließ sich auf ihre Fersen zurücksinken. „Sie brauchen nicht Heiratsvermittlerin zu spielen ... dafür haben wir schon selbst gesorgt. Erzählen Sie uns, was mit Ihnen passiert ist."

„Ich habe gerade das dunkelblaue Nadelstreifenkostüm herausgeholt, als ich ein Geräusch hinter mir hörte." Sie verzog das Gesicht. „Ich hätte es schon früher gehört, aber ich hatte das Radio eingeschaltet, als ich hereinkam. Wird mich lehren, mir die Hitparade anzuhören. Ich wollte mich umdrehen, und – bumm! Jemand hat mein Licht ausgeknipst."

Deborah senkte den Kopf auf Lils Hand. Verwirrte und heftige Emotionen zerrten an ihr. Wut, Entsetzen, Schuld. Was für ein Mensch schlägt eine siebzigjährige Frau nieder!

„Es tut mir Leid", sagte sie so ruhig, wie sie überhaupt konnte. „Es tut mir so Leid ..."

„Es ist nicht Ihre Schuld."

„Doch, ist es schon." Sie hob den Kopf, „Das war alles nur wegen meiner Bequemlichkeit. Ich wusste, dass jemand hinter mir her ist, aber ich habe Sie gebeten, hier hereinzugehen. Ich habe nicht nachgedacht. Ich habe einfach nicht nachgedacht."

„Also, das ist Unsinn. Ich bin diejenige, die eins auf die Birne bekommen hat, und ich kann Ihnen sagen, ich bin verdammt wütend darüber. Wäre ich nicht überrascht worden, hätte ich mein Karatetraining anwenden können." Lils Mund wurde energisch. „Ich würde gern noch einen zweiten Versuch starten. Ist noch nicht so viele Jahre her, da konnte ich Mr. Greenbaum auf die Matte legen, und ich bin noch immer in Form." Sie blickte auf, als die Sanitäter durch die Tür kamen. „Oh Lord", stöhnte sie verdrossen. „Jetzt bin ich dran."

Gages Arm um die Schultern, stand Deborah da, während Lil die Sanitäter herumkommandierte, bis sie sie auf einer Trage hinaustrugen.

„Eine beachtliche Frau", stellte Gage fest.

„Sie ist die Beste." Als ihr die Tränen in die Augen stiegen, biss Deborah sich auf die Lippe. „Ich weiß nicht, was ich tun sollte, wenn ..."

„Sie kommt wieder in Ordnung." Er drückte sie kurz und wandte sich an Frank. „Was war?"

„Die Tür war nicht verschlossen, als ich herkam." Der große Mann deutete mit dem Daumen auf den Eingang. „Aufgebrochen. Dann habe ich das hier vorgefunden." Er deutete auf das Chaos im Wohnzimmer. „Ich habe mir den Rest der Wohnung angesehen und die Lady im Schlafzimmer gefunden. Sie ist gerade zu sich gekommen. Hat versucht, mir einen Haken zu versetzen." Er lächelte Deborah zu. „Sie ist eine zähe alte Lady. Ich habe sie beruhigt, dann habe ich Sie angerufen."

Gage nickte. „Ich möchte, dass Sie für mich ein paar Dinge erledigen." Er wandte sich wieder an Deborah und legte seine Hände sachte an ihr Gesicht. „Ich lasse ihn die Polizei rufen", sagte er, da er wusste, wie ihr Verstand arbeitete. „Warum siehst du nicht in der Zwischenzeit nach, ob du irgendetwas retten kannst, das du bis morgen brauchst?"

„In Ordnung." Sie stimmte zu, weil sie einen Moment allein sein musste. Im Schlafzimmer presste sie die Hände vor den Mund. Hier hatte eine solche Bösartigkeit getobt, eine solche Wut, und doch lag in der Zerstörung ein kaltes System, das alles nur umso erschreckender machte.

Deborah und Gage verbrachten Stunden in der Höhle unter seinem Haus, überprüften Daten, gaben neue ein. Als das Telefon klingelte, hörte Deborah es nicht einmal. Gage musste zweimal ihren Namen rufen, bevor sie aus ihrer konzentrierten Trance erwachte.

„Ja, was?"

„Es ist für dich." Er hielt den Hörer hoch. „Jerry Bower."

Sie runzelte die Stirn, fühlte sich gestört und nahm den Anruf entgegen. „Ja, Jerry?"

„Lieber Himmel, Deborah, bist du in Ordnung?"

„Ja, es geht mir gut. Woher weißt du, wo ich bin?"

Sie konnte ihn aufatmen hören. „Ich habe stundenlang versucht, dich zu erreichen, um mich davon zu überzeugen, dass es dir nach der letzten Nacht gut geht. Endlich bin ich zu deiner Wohnung gefahren, um mich selbst zu überzeugen, und bin mit etlichen Cops und diesem kleinen Wiesel Wisner zusammengetroffen. Dein Apartment ..."

„Ich weiß. Ich war da."

„Was zum Teufel geht da vor sich, Deb? Der Bürgermeister wird explodieren, wenn er das hört. Was soll ich ihm sagen?"

„Sag ihm, er soll sich auf die Wahl nächste Woche konzentrieren." Sie rieb sich die Schläfe. „Ich kenne bereits seinen Standpunkt in dieser Sache, und er kennt meinen. Du machst dich nur selbst verrückt, wenn du versuchst, den Schlichter zu spielen."

„Sieh mal, ich arbeite für ihn, aber ich bin mit dir befreundet. Vielleicht kann ich etwas tun." Jerry zögerte leicht. „Sei vorsichtig, ja?"

„Werde ich sein."

Sie legte auf und neigte den Kopf von einer Seite auf die andere, um die Verspannungen wegzukriegen.

Gage warf ihr einen Blick zu. „Ich würde ganz gern in einer ganzseitigen Annonce in der ‚World' unsere Verlobung ankündigen."

Sie sah ihn verwirrt an, lachte dann. „Meinst du wegen Jerry? Sei nicht albern. Wir sind nur Kameraden."

„Mmm-hmm."

Lächelnd ging sie zu ihm und legte die Arme um seine Taille. „Es hat keinen einzigen lüsternen Kuss zwischen uns gegeben. Übrigens genau das, was ich jetzt gebrauchen könnte."

„Ich glaube, ich habe zumindest einen auf Vorrat." Er senkte den Kopf.

Als er sie küsste, fühlte sie, wie die Spannung aus ihr wich.

„Ich störe nur ungern." Frank kam mit einem großen Tablett aus dem Gang. „Aber da Sie beide so hart arbeiten ..." Er lächelte breit. „Ich dachte, Sie sollten essen, um bei Kräften zu bleiben."

„Danke." Deborah zog sich von Gage zurück und schnupperte. „Himmel, was ist das?"

„Mein spezielles, garantiert die Kehle herunterbrennendes Chili." Er blinzelte ihr zu. „Glauben Sie mir, das wird Sie wach halten."

„Es duftet einmalig."

„Hauen Sie rein. Es ist auch Bier dabei, eine Thermoskanne mit Kaffee und ein paar Käsenachos."

Deborah rollte sich einen Stuhl heran. „Frank, Sie sind eine Zierde unter allen Männern." Er wurde erneut rot, was sie freute. Sie kostete den ersten Löffel, verbrannte ihren Mund, ihren Hals und ihren Magen. „Und das", sagte sie mit echtem Genuss, „ist eine Zierde unter den Chilis."

Er scharrte mit den Füßen. „Freut mich, dass es Ihnen schmeckt. Ich habe Mrs. Greenbaum im Goldenen Zimmer untergebracht" sagte er zu Gage. „Ich dachte, das Himmelbett und dieses Zeug werden ihr gefallen. Sie hat Hühnersuppe bekommen und sieht sich ‚King Kong' auf Video an."

„Danke, Frank." Gage nahm sich ebenfalls einen Löffel Chili.

„Klingeln Sie, wenn Sie noch was brauchen."

Deborah lauschte dem Echo von Franks Schritten im Tunnel nach. „Du hast sie hergebracht?" fragte sie ruhig.

„Es hat ihr im Krankenhaus nicht gefallen." Er zuckte die Schultern. „Frank hat mit dem Arzt gesprochen. Sie hat nur eine leichte Gehirnerschütterung, was in ihrem Alter ein Wunder ist. Ihr Herz ist stark wie das eines Elefanten. Sie braucht nur Ruhe und muss ein paar Tage verwöhnt werden."

Sie beugte sich zu ihm herüber und küsste ihn auf die Wange. „Ich liebe dich sehr."

Nachdem sie fertig gegessen hatten, kehrten sie an die Arbeit zurück. Deborah verdoppelte ihre Konzentration. Wenn Zahlen zu verschwimmen begannen, trank sie noch mehr Kaffee. Sie hatte bereits weitere sechs Namen, von denen sie sicher war, dass sie zu Verstorbenen gehörten.

Es schien hoffnungslos, doch sie hatten keine andere Möglichkeit. Sie holte Bild um Bild auf den Schirm, bis sie plötzlich innehielt. Vorsichtig verfolgte sie die Bilder zurück, eins nach dem anderen.

Sie unterdrückte ein Lächeln, fürchtete sich zu glauben, sie habe endlich einen Durchbruch geschafft. Doch nach weiteren fünf Minuten sorgfältiger Arbeit rief sie Gage.

„Ich glaube, ich habe etwas gefunden."

Er auch, aber er beschloss, sein Wissen für sich zu behalten. „Was?"

„Diese Zahl." Als er sich über ihre Schulter beugte, fuhr sie mit dem Finger über den Bildschirm. „Untergemischt unter die Gesellschaftsnummer, die Steuernummer und all die anderen Erkennungsnummern dieser Gesellschaft." Als er anfing, sanft ihren Nacken zu massieren, lehnte sie sich dankbar zurück. „Übrigens eine angeblich bankrotte Gesellschaft. Seit achtzehn Monaten aus dem Geschäft. Jetzt sieh dir das an." Sie holte ein anderes Bild auf den Schirm. „Andere Gesellschaft, anderer Standort, andere Namen und Nummern. Ausgenommen ... diese." Wieder tippte sie mit dem Finger auf den Schirm. „Hier steht die Zahl an einer anderen Stelle, aber sie ist dieselbe. Und hier." Sie zeigte es ihm immer wieder, Bild um Bild. „Bei einer Firma ist es die Gesellschaftsnummer, bei einer anderen die Zweigstellennummer, hier die Steuernummer, dort die Archivierungsnummer."

„Sozialversicherungsnummer", murmelte Gage.

„Was?"

„Neun Ziffern. Ich würde sagen, es ist eine Sozialversicherungsnummer. Eine wichtige." Er ging rasch an die Kontrolltafel.

„Was machst du?"

„Herausfinden, wem sie gehört."

Sie stieß den Atem aus, verärgert darüber, dass er über ihre Entdeckung nicht begeisterter war. Nicht einmal ein Rückentätscheln hatte sie bekommen. „Wie?"

„Die Sache scheint es wert zu sein, dass man an die Hauptquelle geht." Der Schirm über ihm begann zu blinken.

„Und die wäre?"

„Das Finanzamt."

„Das ..." Sie schoss aus ihrem Stuhl hoch. „Willst du damit sagen, dass du den Computer des Finanzamts anzapfen kannst? Das ist illegal. Ein Verstoß gegen das Bundesgesetz."

„Mmm-hmm. Willst du mir einen guten Anwalt empfehlen?" Er lächelte maliziös.

Hin- und hergerissen, schlang sie die Finger ineinander. „Das ist kein Scherz."

„Nein." Doch er lächelte, während er die Information auf dem Bildschirm verfolgte. „In Ordnung, wir sind drin." Er warf ihr einen Blick zu.

Der in ihr tobende Kampf zeigte sich deutlich auf ihrem Gesicht. „Du könntest nach oben gehen, bis ich fertig bin."

„Das spielt kaum eine Rolle. Ich weiß, was du hier tust. Das macht mich zur Komplizin." Sie schloss die Augen und sah Lil Greenbaum blass und verletzt auf ihrer zerschnittenen Couch liegen. „Mach weiter", flüsterte sie und legte die Hand auf seinen Arm. „In der Sache sind wir Komplizen."

Er tippte die Zahl ein, die sie gefunden hatte, und drückte eine Reihe von Tasten. Ein Name leuchtete auf dem Schirm auf.

„Oh Allgütiger!" Deborahs Finger gruben sich in Gages Schulter.

Gage wirkte in diesem Moment wie aus Stein gemeißelt, regungslos, kaum atmend, seine Muskeln steinhart.

„Tucker Fields, der Bürgermeister", murmelte er. „Hurensohn!"

Dann bewegte er sich so schnell, dass Deborah beinahe gestolpert wäre. Mit einer aus Verzweiflung entspringenden Kraft packte sie ihn. „Nicht! Das kannst du nicht tun!" Sie sah seine Augen brennen, wie sie hinter seiner Maske gebrannt hatten. Sie waren voll Zorn und tödlicher Entschlossenheit. „Ich weiß, was du willst", sagte sie rasch und klammerte sich an ihn. „Du willst ihn sofort aufspüren und auseinander nehmen. Aber das darfst du nicht. Das ist nicht die richtige Art."

„Ich werde ihn umbringen." Seine Stimme war kalt und tonlos. „Begreife doch. Nichts wird mich aufhalten."

Die Luft brannte in ihren Lungen. Wenn er jetzt ging, musste sie ihn verlieren. „Und was erreichst du damit? Das bringt Jack nicht zurück. Es würde auch nichts ändern, was mit dir passiert ist. Es würde nicht einmal beenden, was ihr beide in jener Nacht auf den Docks begonnen habt. Wenn du Fields umbringst, wird jemand ihn ersetzen, und es wird weitergehen. Wir müssen das Rückgrat der Organisation brechen, Gage, und alles an die Öffentlichkeit bringen. Falls Fields verantwortlich ist ..." Ungläubig sah Gage sie an.

„Falls?"

Sie holte vorsichtig tief Luft, ohne ihren Griff zu lockern. „Wir haben nicht genug. Noch nicht. Ich kann eine Anklage zusammenstellen, wenn du mir Zeit gibst, und diesen Leuten das Handwerk legen. Allen."

„Himmel, Deborah, glaubst du wirklich, dass du ihn vor Gericht bekommst? Einen Mann mit so viel Macht? Er wird dir durch die Finger gleiten wie Sand. In dem Moment, wo du mit deiner Ermittlung beginnst, erfährt er davon und geht in Deckung."

„Dann wirst du die Ermittlung von hier aus führen, und ich streue ihm von meinem Büro aus Sand in die Augen." Sie sprach rasch, verzweifelt, um Gage zu überzeugen und um sie beide zu retten. „Ich lasse ihn im Glauben, ich wäre auf der falschen Fährte. Gage, wir müssen ganz sicher sein. Sieh das doch ein. Wenn du ihn dir jetzt einfach so greifst, wird alles, wofür du gearbeitet hast, alles, was wir zusammen aufbauen wollten, zerstört."

„Er wollte dich umbringen lassen." Gage umschmiegte mit den Händen ihr Gesicht, und obwohl seine Berührung leicht war, fühlte sie die Spannung in jedem seiner Finger. „Begreifst du nicht, dass nichts – nicht einmal Jacks Ermordung – sein Todesurteil sicherer hätte fällen können?"

Sie legte die Hände an seine Handgelenke. „Ich bin hier bei dir. Nur das ist wichtig. Wir haben noch mehr zu tun. Wir müssen beweisen, dass Fields in die Sache verwickelt ist. Wir müssen herausfinden, wie weit die Korruption reicht. Du wirst Gerechtigkeit bekommen, Gage. Das verspreche ich dir."

Langsam entspannte er sich. Sie hatte Recht –

zumindest in einigen Punkten. Fields mit bloßen Händen umzubringen, wäre befriedigend gewesen, hätte aber nicht die Arbeit zu Ende geführt, die er begonnen hatte. Er konnte noch warten.

„Also schön." Er beobachtete, wie die Farbe langsam in ihr Gesicht zurückkehrte. „Ich wollte dir keine Angst einjagen."

„Trotzdem hast du mich zu Tode erschreckt." Sie brachte ein schwaches Lächeln zustande. „Wenn wir schon ein Bundesgesetz gebrochen haben, warum gehen wir nicht noch einen Schritt weiter und sehen uns die Steuerunterlagen des Bürgermeisters für die letzten Jahre an?"

Minuten später saß sie neben Gage an der Konsole.

„Fünfhundertzweiundsechzigtausend", murmelte sie, als sie Fields deklariertes Einkommen für das letzte Steuerjahr las. „Ein wenig mehr als das jährliche Gehalt des Bürgermeisters von Urbana."

„Schwer zu glauben, dass er dumm genug ist, so viel anzugeben." Gage rückte von der Konsole ab. „Was ist mit Bower?"

„Jerry?" Deborah seufzte und rieb sich den steifen Hals. „Loyal bis in die Knochen und mit eigenen politischen Ambitionen. Er mag ein paar Manipulationen unter dem Tisch übersehen, aber keine so große Sache. Fields war schlau genug, als seinen Assistenten einen jungen und eifrigen Mann mit einem guten Background und einem makellosen Ruf auszusuchen." Sie schüttelte den Kopf. „Ich fühle mich sehr unbehaglich dabei, dass ich ihn nicht informieren kann."

„Mitchell?"

„Nein, für den Staatsanwalt verwette ich mein Leben. Er ist schon sehr lange im Amt. Er war nie Fields' größter Fan, aber er respektierte das Amt. Er hält sich an die Regeln, weil er an die Regeln glaubt. Er bezahlt sogar seine Strafzettel wegen Falschparkens. Was machst du da?"

„Eine Überprüfung kann nicht schaden."

Zu Deborahs Verblüffung holte er Jerrys und Mitchells Steuererklärungen auf den Schirm. Nachdem er nichts Ungewöhnliches gefunden hatte, schaltete er ab.

Deborah war bereits halb eingeschlafen, als sie durch das Paneel in Gages Schlafzimmer kamen. Sie hielt mitten in einem Gähnen inne und starrte auf die Kartons, die das Bett bedeckten.

„Was ist das alles?"

„Im Moment besitzt du nichts anderes als mein Hemd, das du am Körper trägst. Und obwohl ich das mag ..." Er fuhr mit einem Finger über die Knöpfe. „... sehr sogar, dachte ich, du könntest ein wenig Ersatz brauchen."

„Ersatz?" Sie strich über ihre zerzausten Haare. „Inwiefern?"

„Ich habe Frank eine Liste gegeben. Er kann sehr unternehmungslustig sein."

„Frank? Aber es ist Sonntag. Die Hälfte der Läden hat geschlossen." Sie presste die Hand auf die Magengegend. „Er hat die Sachen doch nicht gestohlen, oder?"

„Ich glaube nicht." Dann lachte Gage und zog sie in seine Arme. „Wie soll ich bloß mit einer so gewissenhaften ehrlichen Frau leben? Nein, die Sachen sind bezahlt. Es ist leicht, ein paar Telefonanrufe zu machen. Du wirst bemerken, dass die Kartons von Athena's kommen."

Sie nickte. Das war eines der größten und elegantesten Kaufhäuser der Stadt. Und dann ging ihr ein Licht auf. „Es gehört dir."

„Schuldig." Er küsste sie. „Was du nicht magst, geht zurück. Aber ich denke, ich kenne deinen Stil und deine Größe."

„Das hättest du nicht tun müssen."

An dem Klang ihrer Stimme erkannte er, dass sie wünschte, er hätte es nicht getan. Geduldig schob er ihr zerzaustes Haar hinter ihr Ohr. „Das war kein Versuch, deine Unabhängigkeit zu beseitigen, Frau Staatsanwalt."

„Nein." Sie klang sehr undankbar. „Aber ..."

„Denk praktisch. Wie würde es aussehen, wenn du morgen in meiner Hose ins Büro kämst?" Er löste den Gürtel, und die Jeans glitt zu ihren Füßen hinunter.

„Sagenhaft", stimmte sie ihm zu und lächelte, als er sie hochhob und neben dem Häufchen Jeans wieder absetzte.

„Und in meinem Hemd." Er begann, die Knöpfe zu öffnen.

„Lächerlich. Du hast Recht, das war sehr praktisch von dir gedacht." Sie ergriff seine Hände, bevor er sie ablenken konnte.

Doch als er lächelte, konnte sie nur seufzen. „Es ist wirklich dumm. Ich liebe dich, obwohl du Hotels besitzt und Apartmenthäuser und Kaufhäuser. Und wenn ich nicht sofort einen dieser Kartons aufmache, werde ich wahnsinnig."

„Warum sorgst du dann nicht dafür, dass du deinen klaren Verstand behältst, und ich lasse in der Zwischenzeit das Bad ein?"

Als er in das angrenzende Bad ging, griff sie wahllos nach einem Karton, schüttelte ihn, hob den Deckel ab. Unter Seidenpapier fand sie ein langes, hauchdünnes Nachtgewand aus hellblauer Seide.

„Na ja." Sie hielt es hoch und stellte fest, dass es am Rücken bis unterhalb der Taille ausgeschnitten war. „Frank hat eindeutig einen Blick für Dessous. Möchte wissen, was die Jungs im Büro dazu sagen, wenn ich das morgen trage."

Sie konnte nicht widerstehen, zog das Hemd aus und ließ die kühle feine Seide über ihren Kopf und ihre Schultern gleiten. Passt perfekt, dachte sie und strich mit den Händen über ihre Hüften. Begeistert wandte sie sich dem Spiegel in dem Moment zu, als Gage in den Raum kam.

Er konnte nicht sprechen, und er konnte den Blick nicht von ihr wenden. Die glatte, schimmernde Seide wisperte auf ihrer Haut, als sie sich ihm zuwandte. Ihre Augen waren dunkel wie der Mitternachtshimmel und glitzerten unter der geheimen Freude einer Frau.

Seine Lippen verzogen sich zu einem Lächeln. Gab es denn überhaupt eine Frau, die nicht davon träumt, dass der Mann, den sie liebte, sie mit solchem Heißhunger betrachtete? Ganz bewusst neigte sie den Kopf nach hinten, strich mit den Fingerspitzen träge über das Vorderteil des Nachtgewandes nach unten – und genau so träge wieder nach oben – und beobachtete, wie seine Augen der Bewegung folgten.

„Was denkst du?"

Sein Blick wanderte höher, bis er dem ihren begegnete. „Ich denke, Frank hat eine beträchtliche Gehaltserhöhung verdient."

Während sie lachte, kam er auf sie zu.

12. Kapitel

Während der nächsten drei Tage trugen Deborah und Gage Stück für Stück beharrlich Material für eine Anklage gegen Tucker Fields zusammen. In ihrem Büro verfolgte Deborah Wege, von denen sie wusste, dass sie nirgendwohin führten, um sorgfältig eine falsche Fährte zu legen.

Während sie arbeitete, focht sie ständig einen inneren Kampf aus. Ethik gegen Instinkt.

Jede Nacht glitt Gage aus dem Bett, kleidete sich in Schwarz und streifte durch die Straßen. Sie sprachen nicht darüber. Falls er wusste, wie oft Deborah wach lag, besorgt und innerlich zerrissen, bis er kurz vor der Morgendämmerung zurückkehrte, so bot er doch keine Entschuldigung an. Es gab keine.

Deborah verstand ihn, konnte jedoch nicht zustimmen.

Gage verstand sie, konnte jedoch nicht nachgeben.

Deborah saß in ihrem Büro, die Abendzeitung neben einem Stapel Gesetzesbücher.

NEMESIS SCHNAPPT EAST END RIPPER

Sie hatte den Artikel nicht gelesen, konnte sich nicht dazu überwinden.

„O'Roarke." Mitchell knallte eine Akte auf ihren Schreibtisch. „Die Stadt zahlt Ihnen kein fürstliches Gehalt fürs Tagträumen."

Sie blickte auf die Akte, die soeben auf einem Stapel anderer gelandet war. „Es hat vermutlich keinen Sinn, Sie daran zu erinnern, dass die Anzahl meiner Fälle bereits den Weltrekord gebrochen hat."

„Die Verbrechensrate der Stadt auch." Weil sie erschöpft wirkte, ging er an ihre Kaffeemaschine und schenkte ihr eine Tasse von dem bitteren Kaffee ein. „Vielleicht wären wir nicht so überarbeitet, wenn Nemesis mal eine Pause einlegte."

Ihr Stirnrunzeln verwandelte sich in eine Grimasse, als sie an dem Kaffee nippte. „Das klingt fast wie ein Kompliment."

„Ich stelle nur Tatsachen fest. Ich brauche seine Methoden nicht zu billigen, um die Ergebnisse zu mögen."

Überrascht blickte sie in Mitchells rundes, kräftiges Gesicht auf. „Meinen Sie das ehrlich?"

„Dieser Ripper hat vier unschuldige Menschen aufgeschlitzt und hat sich gerade über einen fünften hergemacht, als Nemesis erschien. Man kann sich nur schlecht beklagen, wenn irgendjemand, sogar ein irregeleitetes maskiertes Wunderwesen, einen solchen Kerl in unseren Schoß fallen lässt und das Leben eines achtzehnjährigen Mädchens rettet."

„Ja", murmelte Deborah. „Das kann man schlecht."

„Ist ja nicht so, als würde ich losziehen und mir ein T-Shirt kaufen und seinem Fanclub beitreten." Mitchell holte eine Zigarre hervor und zog sie durch seine klobigen Finger. „Also, machen Sie irgendwelche Fortschritte in Ihrem Lieblingsfall?"

Sie zuckte ausweichend die Schultern. „Ich habe noch eine Woche Zeit."

„Sie sind dickköpfig, O'Roarke. Ich mag das."

Ihre Augenbrauen hoben sich. „Also, das war eindeutig ein Kompliment."

„Davon sollen Ihnen aber nicht die Nadelstreifen anschwellen. Der Bürgermeister ist noch immer unglücklich über Sie ... und die Meinungsumfragen sind glücklich über ihn. Falls er Tarrington morgen schlägt, könnte Ihnen eine schwere Zeit bis zur nächsten Wahl bevorstehen."

„Der Bürgermeister bereitet mir keine Sorgen."

„Wie Sie meinen. Wisner hechelt Ihren Namen noch immer durch die Zeitung." Er hob eine

Hand, bevor sie losfauchen konnte. „Ich halte Fields zurück, aber wenn Sie etwas unauffälliger auftreten könnten ..."

„Ja, war wirklich dumm von mir, mir mein Apartment durch den Wolf drehen zu lassen."

„Schon gut." Er besaß den Anstand, rot zu werden. „Es tut uns allen Leid, aber wenn Sie versuchen könnten, eine Weile keinen Ärger zu haben, wäre das für sämtliche Beteiligten einfacher."

„Ich werde mich an meinen Schreibtisch ketten", stieß sie zwischen zusammengebissenen Zähnen hervor. „Und sobald sich mir die Gelegenheit bietet, trete ich Wisner genau in seinen Presseausweis."

Mitchell grinste. „Da müssen Sie sich in der Schlange anstellen. Hey ... äh ... lassen Sie es mich wissen, ob Sie ein paar Extradollar brauchen, bis die Versicherung den Schaden deckt."

„Danke, aber ich komme zurecht." Sie blickte zu den Akten. „Außerdem, wer braucht bei dieser Arbeit schon ein Apartment?"

Als er sie allein ließ, öffnete Deborah die neue Akte. War es eine Ironie des Schicksals, dass sie den East End Ripper anklagen sollte? Ihr Hauptzeuge, ihr Geliebter, war der einzige Mann, mit dem sie den Fall nicht einmal diskutieren konnte.

Um sieben wartete Gage auf sie an einem ruhigen Ecktisch in einem französischen Restaurant am City Park. Er wusste, dass es jetzt fast vorüber war, und wenn es tatsächlich so weit war, musste er Deborah erklären, warum er ihr nicht alle Details anvertraut hatte.

Er sah sie hereinkommen, schlank und zauberhaft in einem saphirblauen Kostüm, mit chartreusegrüner Bordüre eingefasst. Auffallende Farben und vernünftige Schuhe. Trug sie Spitze oder Seide oder Satin darunter? Er verspürte den Drang, sie hier und jetzt auf die Arme zu nehmen, sie wegzubringen und die Antwort herauszufinden.

„Tut mir Leid, dass ich zu spät komme", begann sie, doch bevor der Empfangschef ihr den Stuhl zurechtrücken konnte, war Gage aufgestanden und hatte sie an sich gezogen. Sein Kuss war weder diskret, noch kurz. Ehe er sie losließ, sahen Gäste von den nächsten Tischen neugierig und neiderfüllt zu ihnen herüber.

Der Atem, den sie unbewusst angehalten hatte, wehte zwischen ihren geöffneten Lippen hervor. Ihre Augen waren schwer, ihr Körper vibrierte.

„Ich ... ich bin schrecklich froh, dass ich nicht rechtzeitig gekommen bin."

„Du hast lange gearbeitet." Sie hatte Ringe unter

den Augen. Er hasste diese Ringe, wusste er doch, dass er sie verursacht hatte.

„Ja. Kurz vor fünf habe ich noch einen Fall auf meinen Schreibtisch bekommen."

„Etwas Interessantes?"

Ihr Blick fand den seinen und hielt ihn fest. „Der East End Ripper."

Er sah sie unverwandt an. „Verstehe."

„Wirklich, Gage? Ich frage mich, ob du das wirklich verstehst." Sie entzog ihm die Hand und legte sie in ihren Schoß. „Ich fand, ich sollte wegen Befangenheit ablehnen, aber welchen Grund könnte ich angeben?"

„Es gibt keinen Grund, Deborah. Ich habe ihn gestoppt, aber es ist dein Job, dafür zu sorgen, dass er für seine Verbrechen bezahlt. Das eine braucht mit dem anderen nichts zu tun zu haben."

„Ich wünschte, ich könnte auch so sicher sein." Sie griff nach ihrer Serviette, strich sie zwischen den Fingern glatt. „Ein Teil von mir sieht dich als illegalen Rächer, ein anderer Teil als Held."

„Und die Wahrheit liegt irgendwo dazwischen." Er griff erneut nach ihrer Hand. „Was immer ich bin, ich liebe dich."

„Ich weiß." Ihre Finger schlossen sich um die seinen. „Ich weiß, aber, Gage ..." Sie brach ab, als der Kellner den Champagner brachte, den Gage schon bestellt hatte, während er auf sie wartete.

„Das Getränk der Götter", sagte der Kellner mit einem starken französischen Akzent. „Zur Feier, *n'est-ce pas*? Eine schöne Frau, ein edler Wein." Auf Gages zustimmendes Nicken hin ließ er den Korken herausgleiten. Schaum erschien in der Öffnung der Flasche, zog sich wieder zurück. „*Monsieur* möchte kosten?" Er schenkte etwas in Gages Glas.

„Ausgezeichnet", murmelte Gage, doch seine Augen waren auf Deborah gerichtet.

„*Mais, oui.*" Der Kellner ließ den Blick anerkennend über Deborah gleiten, ehe er ihr Glas, danach Gages Glas füllte. „*Monsieur* hat einen exquisiten Geschmack." Als der Kellner sich mit einer Verbeugung zurückzog, stieß Deborah leise lachend mit Gage an.

„Du willst mir doch nicht sagen, dass dir auch noch dieses Restaurant gehört?"

„Nein. Möchtest du es haben?"

Obwohl sie den Kopf schüttelte, musste sie lachen. „Feiern wir?"

„Ja. Auf den heutigen Abend. Und auf morgen." Er holte eine kleine Samtschatulle aus der Tasche und reichte sie ihr. Als sie nur darauf blickte, spannten sich seine Finger an. Panik schoss in ihm hoch, doch er hielt seine Stimme leicht. „Du hast mich gebeten, dich zu heiraten, aber ich fand, dass dieses Privileg mir gehört."

Sie öffnete die Schatulle. In dem Kerzenschein schimmerte der Saphir in der Mitte in einem tiefen dunklen Blau. Der große viereckige Stein wurde von einer Symphonie eisweißer Diamanten umgeben, die triumphierend in der Weißgoldfassung glitzerten.

„Er ist exquisit."

Er hatte die Steine selbst ausgesucht. Aber er hatte gehofft, Freude in ihren Augen zu sehen, nicht Angst. Genauso wenig wie er erwartet hatte, selbst Angst zu empfinden.

„Hast du Zweifel?"

Sie blickte zu ihm auf und ließ ihr Herz sprechen. „Nicht wenn es um meine Gefühle für dich geht. Da werde ich nie Zweifel haben. Ich habe Angst, Gage. Ich habe versucht, so zu tun, als hätte ich keine, aber ich habe Angst. Nicht nur wegen deiner Tätigkeit, sondern auch wegen der Möglichkeit, dass deine Tätigkeit dich mir wegnehmen könnte."

Er wollte ihr keine Versprechen geben, die unmöglich zu halten waren. „Ich wurde aus diesem

Koma, so wie ich bin, aus einem bestimmten Grund geholt. Ich kann dir dafür keine Logik und keine Fakten bieten, Deborah. Nur Gefühle und Instinkt. Würde ich mich von dem abwenden, wofür ich bestimmt bin, würde ich wieder sterben."

Ihr automatischer Widerspruch blieb ihr in der Kehle stecken. „Du glaubst das?"

„Ich weiß das."

Wie konnte sie ihn ansehen und es nicht auch erkennen? Wie oft hatte sie in seine Augen geblickt und ... etwas gesehen? Etwas anderes, Besonderes, Angsteinflößendes. Sie wusste, dass er aus Fleisch und Blut war, aber er war noch mehr. Es war nicht möglich, das zu ändern. Und zum ersten Mal erkannte sie, dass sie es nicht ändern wollte.

„Ich habe mich zweimal in dich verliebt. In deine beiden Seiten." Sie blickte auf den Ring, holte ihn aus der Schatulle, ließ ihn in ihrer Hand funkeln. „Bis dahin war ich mir meiner Richtung sicher – was ich wollte, was ich brauchte und wofür ich arbeitete. Ich war auch sicher, so sicher, dass ich mich in einen sehr ruhigen, sehr gewöhnlichen Mann verlieben würde." Sie hielt ihm den Ring hin. „Ich habe mich geirrt. Du bist nicht nur aus dem Koma zurückgekommen, um für Gerechtigkeit zu kämpfen, Gage. Du bist für mich zurückgekommen." Lächelnd streckte sie ihm die Hand entgegen. „Dem Himmel sei Dank."

Er schob ihr den Ring an den Finger. „Ich will dich für immer nach Hause bringen." Noch während er ihre Hand an die Lippen hob, tauchte der Kellner erneut an ihrem Tisch auf.

„Ich wusste es", schwärmte er. „Henri irrt sich nie." Er schenkte ihnen nach und brachte Deborah mit seinem großartigen Gehabe zum Lächeln. „Sie haben meinen Tisch gewählt. Sie haben gut gewählt. Sie müssen das Menü mir überlassen. Sie müssen! Ich sorge dafür, dass Sie diesen Abend niemals vergessen. Es ist mir ein Vergnügen. Ah, *Monsieur*, Sie sind der glücklichste von allen Männern." Er ergriff Deborahs Hand und küsste sie.

Deborah lachte noch immer, als er davoneilte, doch als sie Gage ansah, erkannte sie, dass seine Aufmerksamkeit auf etwas anderes gerichtet war. „Was ist?"

„Fields." Gage hob sein Glas, aber sein Blick folgte dem Bürgermeister durch den Raum. „Er ist gerade mit Arlo Stuart und zwei anderen wichtigen Leuten hereingekommen. Dein Freund Jerry Bower bildet den Abschluss."

Angespannt wandte Deborah den Kopf. Sie strebten einem Tisch für acht Personen zu. Sie erkannte eine prominente Schauspielerin und den Präsidenten einer großen Autofirma. „Hochkarätiges Treffen", murmelte sie.

„Er hat Theater, Industrie, Finanz- und Kunstwelt hübsch an einem Tisch repräsentiert. Bevor der Abend vorüber ist, wird jemand auftauchen und ein paar ‚Schnappschüsse' machen."

„Es spielt keine Rolle." Sie legte ihre Hand auf die von Gage. „In einer Woche wird es keine Rolle mehr spielen."

In weniger als einer Woche, dachte er, nickte jedoch. „Stuart kommt herüber."

„Sieh mal an." Stuart ließ seine Hand auf Gages Schulter niedersausen. „Das ist ein netter Zufall. Sie sehen umwerfend aus wie immer, Miss O'Roarke."

„Danke."

„Großartiges Restaurant. Keiner macht Schnecken besser." Er strahlte sie beide an. „Zu schade, dass ich sie mit dem Gerede über Geschäft und Politik verderben muss. Also, Sie machen es hier richtig. Champagner, Kerzenschein." Sein scharfer Blick fiel auf Deborahs Ringfinger. „Also, das ist ja ein hübsches kleines Ding." Er lächelte Gage zu. „Haben Sie eine Ankündigung zu machen?"

„Sie haben uns auf frischer Tat ertappt, Arlo."

„Freut mich zu hören. Machen Sie Ihre Flitterwochen in einem meiner Hotels nach Ihrer Wahl." Er blinzelte Deborah zu. „Auf Kosten des Hauses." Noch immer lächelnd, gab er dem Bürgermeister ein Zeichen.

„Gage, Deborah." Obwohl Fields breit lächelte, nickte er zur Begrüßung steif. „Nett, Sie zu sehen. Wenn Sie noch nicht bestellt haben, möchten Sie sich vielleicht zu uns gesellen."

„Nicht heute Abend", antwortete Stuart, bevor Gage es konnte. „Wir haben hier ein frisch verlobtes Paar, Tucker. Die beiden wollen bestimmt nicht den Abend verschwenden, indem sie über Wahlkampfstrategie sprechen."

Fields blickte auf Deborahs Ring, unverändert lächelnd. Er war jedoch nicht erfreut. „Gratuliere."

„Ich möchte mir einbilden, dass wir die beiden zusammengebracht haben." Überschwänglich wie immer, legte Stuart einen Arm um Fields Schultern. „Immerhin haben sich die beiden in meinem Hotel während Ihrer Spendengala kennen gelernt."

„Das macht uns wohl zu einer großen, glücklichen Familie." Fields sah Gage an. Er brauchte Guthries Unterstützung. „Sie heiraten eine tolle Frau, eine toughe Juristin. Sie hat mir ein paar

Kopfschmerzen verursacht, aber ich bewundere ihre Integrität."

Gages Stimme war kühl, aber perfekt höflich. „Ich auch."

Stuart lachte dröhnend. „Ich habe mehr als ihre Integrität bewundert." Er blinzelte Deborah erneut an. „Nicht böse gemeint. Wir kehren jetzt zur Politik zurück und lassen euch beide allein."

„Bastard", murmelte Deborah, als sie außer Hörweite waren. Sie griff heftig nach ihrem Glas. „Er hat sich an dich herangeschleimt."

„Nein." Gage stieß mit ihr an. „An uns beide." Über ihre Schulter sah er den Moment, wo Jerry Bower die Neuigkeit vernahm. Jerry zuckte zusammen und blickte zu ihnen herüber. Gage konnte ihn förmlich seufzen hören, als er auf Deborahs Rücken starrte.

„Ich kann es kaum erwarten, bis wir ihn festnageln."

In ihrer Stimme schwang so viel Gift mit, dass Gage ihre Hand drückte. „Halte durch. Es wird nicht mehr lange dauern."

Sie war so schön. Gage verharrte noch im Bett und sah Deborah nur an. Er wusste, dass sie tief schlief, von Liebe gesättigt, von Leidenschaft erschöpft. Er wollte sicher sein, dass sie zufrieden bis zum Morgen träumen würde.

Lautlos stand er auf, um sich anzuziehen. Er konnte sie atmen hören, langsam und gleichmäßig, und es beruhigte ihn. In dem schwachen Mondlicht sah er seine Reflexion im Spiegel. Nein, dachte er, keine Reflexion, einen Schatten.

Nachdem er seine Hände in den eng sitzenden schwarzen Handschuhen zurechtgestreckt hatte, öffnete er eine Schublade. Darin lag ein 38er, ein Polizeirevolver, dessen Griff ihm so vertraut war wie der Händedruck eines Bruders. Dennoch hatte er ihn nicht mehr bei sich getragen seit jener Nacht auf den Docks vor vier Jahren.

Er hatte ihn nie gebraucht.

Doch heute Nacht spürte er, dass er den Revolver brauchte. Er stellte seinen Instinkt nicht mehr in Frage, sondern schob die Waffe in ein Halfter und schnallte es so um, dass der Revolver sich an seine Hüfte schmiegte.

Er öffnete das Paneel und stockte. Er wollte sie noch einmal sehen, wie sie schlief. Er konnte die Gefahr jetzt schmecken – bitter auf seiner Zunge – in seiner Kehle. Seine einzige Erleichterung war, dass Deborah nicht betroffen sein würde. Er würde zurückkommen. Das versprach er sich selbst und ihr. Das Schicksal konnte einen solchen mörderischen Schlag nicht zweimal in einem Leben austeilen.

Er glitt in der Dunkelheit davon.

Über eine Stunde später klingelte das Telefon und riss Deborah aus dem Schlaf. Aus Gewohnheit tastete sie danach und redete murmelnd zu Gage, während sie den Hörer vom Apparat zog.

„Hallo."

„Señorita."

Der Klang von Montegas Stimme weckte sie mit eisiger Kälte. „Was wollen Sie?"

„Wir haben ihn. Die Falle ist ganz leicht zugeschnappt."

„Was?" In Panik tastete sie nach Gage. Noch bevor ihre Hand über das leere Laken glitt, wusste sie Bescheid. Entsetzen ließ ihre Stimme zittern. „Was meinen Sie damit?"

„Er lebt. Wir wollen ihn auch vorerst am Leben lassen. Falls Sie das Gleiche wollen, kommen Sie her, schnell und allein. Wir tauschen ihn gegen alle Ihre Papiere, alle Ihre Unterlagen. Alles, was Sie haben."

Sie versuchte Zeit zu gewinnen, bis sie denken konnte. „Sie werden uns beide umbringen."

„Möglich. Aber ich werde ihn bestimmt töten,

wenn Sie nicht kommen. Es gibt ein Lagerhaus am East River Drive. 325 East River Drive. Sie brauchen eine halbe Stunde hierher. Dauert es länger, schneide ich ihm die rechte Hand ab."

Übelkeit krampfte ihren Magen zusammen. „Ich komme. Tun Sie ihm nichts. Bitte, lassen Sie mich mit ihm sprechen ..."

Doch die Leitung war tot.

Deborah sprang aus dem Bett, zog einen Morgenmantel an und rannte zu Franks Zimmer. Als sie mit einem Blick sah, dass er nicht anwesend war, hetzte sie über den Korridor und fand Mrs. Greenbaum, im Bett sitzend, mit einer Dose Erdnüsse bei einem alten Film.

„Frank. Wo ist er?"

„Er ist zu einer rund um die Uhr geöffneten Videothek und wollte auch eine Pizza holen. Wir haben uns für ein Marx-Brothers-Festival entschieden. Was ist denn los? Er kommt in zwanzig Minuten wieder."

„Das ist zu spät." Deborah konnte keine Sekunde verschwenden. „Sagen Sie ihm, ich habe einen Anruf bekommen wegen Gage. 325 East River Drive."

Lil stieg aus dem Bett. „Sie können nicht ..."

„Ich muss. Es geht um Leben und Tod."

„Wir rufen die Polizei ..."

„Nein. Nein, nur Frank. Versprechen Sie mir das."

„Natürlich, aber ..."

Doch Deborah jagte bereits hinaus.

Wie ein Geist beobachtete Nemesis den Austausch von Drogen gegen Geld. Tausende Banknoten gegen Tausende Pfund an Schmerz. Der Käufer schlitzte einen Probebeutel auf, holte etwas weißes Pulver heraus und schüttete es in eine Phiole, um die Reinheit zu testen. Der Verkäufer blätterte die Geldbündel durch.

Als beide zufrieden waren, war der Handel abgeschlossen. Es wurde nur wenig gesprochen. Es war kein freundliches Geschäft.

Er sah zu, wie der Käufer seine elende Ware nahm und wegging. Obwohl Nemesis wusste, dass er den Mann schnell wieder finden würde, verspürte er Bedauern. Wäre er nicht hinter größerer Beute her gewesen, hätte es ihm viel Vergnügen bereitet, beide Händler mitsamt ihrer Ware in den Fluss zu werfen.

Schritte hallten. Die Akustik war gut in dem hohen Gebäude. Kartons und Kisten waren an den Wänden und auf langen Metallregalen aufgeschichtet. Werkzeuge und kleine, voll geräumte Werkbänke. Ein großer Gabelstapler parkte neben den Garagentoren, um das in der Halle gelagerte Holz zu transportieren. Obwohl die gewaltigen Sägen schwiegen, hing noch der Geruch von Sägemehl in der Luft.

Er sah mit heißem Zorn Montega hereinkommen.

„Unsere erste Beute heute Nacht." Er ging zu dem Koffer voll Bargeld und winkte die Helfer beiseite. „Aber reichere Beute kommt noch." Er schloss den Koffer und versperrte ihn.

Während er dastand, von allen unbemerkt, ballte Nemesis die Fäuste. Jetzt, dachte er. Heute Nacht. Ein Teil von ihm, der nach Rache dürstete, brannte darauf, die Waffe zu ziehen und zu feuern. Kaltblütig.

Doch sein Blut war zu heiß für eine solche schnelle und anonyme Lösung. Seine Lippen lächelten dünn. Es gab bessere Methoden. Vernünftigere Methoden.

Als er schon den Mund öffnete, um etwas zu sagen, hörte er Stimmen, das Geräusch von Schuhen auf dem Betonboden. Sein Herz gefror ihm in der Brust zu Eis.

Er hatte sie schlafend zurückgelassen.

Während sein Blut erstarrte, trat Schweiß des Entsetzens auf seine Stirn. Er hatte die Gefahr geschmeckt. Aber nicht für ihn selbst. Lieber Himmel, nicht für ihn selbst, sondern für sie. Er beobachtete, wie Deborah in die Halle stürmte, gefolgt von zwei Bewaffneten.

„Wo? Wo ist er?" Sie trat Montega wie eine Tigerin gegenüber, den Kopf zurückgeworfen, die Augen flammend. „Wenn Sie ihm etwas getan haben, sorge ich dafür, dass Sie es nicht überleben. Das schwöre ich Ihnen."

Montega neigte den Kopf und applaudierte. „Großartig! Eine verliebte Frau!"

Sie hatte keine Angst vor ihm, nicht wenn all ihre Sorge Gage galt. „Ich will ihn sehen."

„Haben Sie mitgebracht, worum ich Sie gebeten habe, Señorita?"

Sie streckte ihm einen Aktenkoffer entgegen. „Nehmen Sie es mit sich in die Hölle!"

Montega reichte den Aktenkoffer einem seiner Wächter, gab ihm einen Wink mit dem Kopf, und der Mann trug den Koffer in den angrenzenden Raum.

„Geduld", sagte Montega und hob eine Hand. „Möchten Sie sich setzen?"

„Nein. Sie haben, was Sie wollen. Geben Sie mir jetzt, wofür ich hergekommen bin." Die Tür öffnete sich. Mit großen Augen starrte Deborah auf den Mann. „Jerry?" Nach der Überraschung kam die erste Welle der Erleichterung. Nicht Gage, dachte sie. Sie hatten nicht Gage geschnappt. Es war Jerry gewesen. Sie ging rasch zu ihm und ergriff seine Hände. „Es tut mir so Leid, dass das passiert ist. Ich hatte keine Ahnung."

„Ich weiß." Er drückte ihre Hände. „Ich wusste, dass du kommen würdest. Ich habe darauf gezählt."

„Hoffentlich hilft es einem von uns."

„Das hat es bereits." Er legte einen Arm um ihre Schultern und wandte sich an Montega. „Der Handel ist ja wohl glatt gelaufen?"

„Wie erwartet, Mr. Bower."

„Ausgezeichnet." Jerry tätschelte freundlich Deborahs Schulter. „Wir müssen miteinander reden."

Sie wusste, dass alle Farbe aus ihrem Gesicht gewichen war. Sie hatte es gefühlt. „Du ... du bist hier überhaupt keine Geisel, nicht wahr?"

Er erlaubte ihr, einen Schritt zurückzuweichen, hob sogar die Hand, um die Wachen zurückzuwinken. Sie konnte nirgendwohin laufen, und er fühlte sich großzügig. „Nein, und unglücklicherweise du auch nicht. Ich bedaure das."

„Ich glaube es nicht." Erschüttert presste sie die Hände an ihre Schläfen. „Ich wusste es! Ich wusste, wie blindlings du hinter Fields stehst, aber das ... um Himmels willen, Jerry, du kannst doch da nicht mitspielen. Du weißt, was er macht? Die Drogen, die Morde? Das ist nicht Politik, das ist Wahnsinn!"

„Alles ist Politik, Deb." Er lächelte. „Meine. Du glaubst doch nicht ernsthaft, dass eine rückgratlose Puppe wie Fields hinter dieser Organisation steht!" Lachend winkte er nach einem Stuhl. „Doch, du hast es geglaubt, weil ich eine hübsche, saubere Spur aus Brotkrumen für dich und jeden anderen, der herumschnüffeln wollte, gelegt habe." Er legte eine Hand auf ihre Schulter und stieß sie auf den Stuhl.

„Du?" Sie starrte ihn an, während sich in ihrem Kopf alles drehte. „Du willst sagen, dass du den Befehl führst? Dass Fields ..."

„Er ist nicht mehr als ein Strohmann. Seit über sechs Jahren stehe ich zwei Schritte hinter ihm und halte alle Fäden in der Hand. Fields könnte keinen Supermarkt führen, noch weniger eine ganze Stadt. Oder einen Staat ..." Er setzte sich ebenfalls. „So, wie ich das in fünf Jahren tun werde."

Sie hatte keine Angst. Angst konnte durch ihre

momentane Benommenheit nicht durchkommen. Dies war der Mann, den sie seit fast zwei Jahren kannte, den sie als Freund betrachtet und als ehrlich, wenn auch ein wenig charakterschwach, eingestuft hatte. „Sag mir, wie?"

„Geld, Macht, Verstand." Er zählte an den Fingern mit. „Ich hatte den Verstand. Fields lieferte die Macht. Glaub mir, er war sehr bereitwillig, mir die Details, die administrativen und alle anderen, zu überlassen. Er kann verteufelt gut reden und weiß, wem er in den Hintern treten und wessen Hintern er küssen muss. Den Rest besorge ich, und zwar, seit ich vor sechs Jahren in sein Büro gesetzt wurde."

„Von wem?"

„Du bist klug." Lächelnd nickte er ihr bewundernd zu. „Arlo Stuart – er hat das Geld. Das Problem war, dass seine Geschäfte – seine legalen Geschäfte – ein wenig zu sehr seine Profite schmälerten, mehr als ihm lieb war. Da er Geschäftsmann ist, sah er eine andere Möglichkeit, um die Profite hochzujubeln."

„Die Drogen."

„Wieder richtig." Lässig schlug er die Beine übereinander und warf einen fast desinteressierten Blick auf seine Uhr. „Er war über zwölf Jahre der

Kopf an der Ostküste. Und es zahlt sich aus. Ich habe mich in der Organisation hochgearbeitet. Er mag Initiative. Ich hatte das Wissen – Jura, politische Wissenschaften -, und er hatte Fields."

Fragen stellen, befahl sie sich. Sie musste sich Fragen ausdenken, damit er weiter antwortete. Bis ... Würde Gage kommen? Konnte Frank ihn erreichen?

„Ihr drei habt also zusammengearbeitet", sagte sie.

„Nicht Fields. Ich möchte ihn nicht gern in deiner Meinung aufwerten, weil ich deine Meinung respektiere. Er ist nichts weiter als ein praktischer Strohmann, und er hat keine Ahnung von unserem Unternehmen. Oder falls er doch eine hat, ist er klug genug, darüber hinwegzusehen." Er zuckte die Schultern. „Wenn die Zeit gekommen ist, werde ich Fields über irgendetwas stolpern lassen und dann an seine Stelle treten."

„Das wird nicht klappen. Ich bin nicht die Einzige, die Bescheid weiß."

„Guthrie." Jerry verschränkte die Hände über seinem Knie. „Oh, ich werde mich um Guthrie kümmern. Ich habe Montega schon vor vier Jahren befohlen, ihn auszuschalten, aber der Job ist nur unvollständig ausgeführt worden."

„Du?" flüsterte sie. „Du hast das befohlen?"

„Arlo überlässt solche Details mir." Er beugte sich vor, damit nur sie ihn hören konnte. „Ich mag Details – zum Beispiel, was dein Verlobter in seiner Freizeit macht." Er lächelte, als sie blass wurde. „Du hast mich diesmal zu ihm geführt, Deborah."

„Ich weiß nicht, wovon du sprichst."

„Ich bin ein guter Menschenkenner. Ich muss es sein. Und du bist leicht zu durchschauen. Du, eine Frau mit so viel Integrität, Intelligenz und brennender Loyalität – und dann Bindungen an zwei Männer? Das erschien mir unwahrscheinlich. Heute Abend wurde mein Verdacht zur Gewissheit. Es gibt nur einen Mann, einen Mann, der Montega wieder erkennen konnte, einen Mann, der dein Herz gewinnen konnte, einen Mann, der genug Grund hat, um mich fanatisch zu verfolgen." Er tätschelte ihre Hand, als sie schwieg. „Das ist unser kleines Geheimnis. Ich liebe Geheimnisse." Seine Augen bekamen einen eisigen Glanz, als er aufstand. „Und obwohl ich es aufrichtig bedaure, kann nur einer von uns heute Nacht mit diesem Geheimnis von hier davongehen. Ich habe Montega gebeten, es rasch zu machen. Um der alten Zeiten willen."

Obwohl sie am ganzen Körper zitterte, zwang sie sich dazu aufzustehen. „Ich habe gelernt, an Schicksal zu glauben, Jerry. Du wirst nicht gewinnen. Er wird dafür sorgen. Wenn du mich umbringst, wird er sich wie eine Furie auf dich stürzen. Du glaubst, ihn zu kennen, aber du kennst ihn nicht. Du hast ihn nicht, und du wirst ihn nie bekommen."

„Falls es dich tröstet." Er wich von ihr zurück. „Wir haben ihn nicht – noch nicht."

„Sie irren sich!"

Alle Köpfe im Raum drehten sich beim Klang der Stimme herum. Es war nichts zu sehen als nackte Wände und aufgestapelte Holzbalken. Deborahs Knie wurden so weich, dass sie fast zu Boden sank.

Dann schien alles gleichzeitig zu passieren.

Ein an der Wand stehender Wächter zuckte zurück, und seine Augen weiteten sich vor Überraschung. Während er um sich schlug, begann seine Waffe zu feuern. Männer riefen durcheinander und warfen sich in Deckung. Der Wächter schrie und stolperte von der Wand weg. Seine eigenen Leute mähten ihn nieder.

Deborah hetzte hinter eine Reihe von Regalen

und suchte hektisch nach einer Waffe. Ihre Hände schlossen sich um ein Brecheisen. Sie wich zurück, bereit, sich zu wehren. Vor ihren erstaunten Augen verlor einer der Wächter seine Waffe. Vor Angst von Sinnen, rannte er schreiend davon.

„Bleib im Hintergrund." Die Stimme trieb ihr entgegen.

„Oh Gage, ich dachte ..."

„Bleib bloß im Hintergrund. Ich kümmere mich später um dich."

Sie stand da, hielt das Brecheisen. Nemesis ist wieder da, dachte sie zähneknirschend. Und so arrogant wie eh und je. Sie schob einen Karton beiseite und spähte durch die Öffnung. Fünf Männer waren noch übrig – die Wächter, Montega und Jerry. Sie schossen wild um sich, genauso verängstigt wie verwirrt. Als eine Kugel keinen halben Meter von ihrem Kopf entfernt in die Wand einschlug, duckte sie sich tiefer.

Jemand schrie. Bei dem Laut schloss sie die Augen. Eine Hand packte sie an den Haaren, zerrte sie hoch.

„Was ist er?" zischte Jerry ihr ins Ohr. Obwohl seine Hand zitterte, war sein Gesicht fest. „Was, zum Teufel ist er?"

„Ein Held!" Sie starrte ihm abweisend in die flackernden Augen. „Etwas, das du nie verstehen wirst."

„Er wird ein toter Held sein, wenn das hier vorüber ist. Du kommst mit mir." Er zerrte sie vor sich. „Wenn du etwas versuchst, schieße ich dir in den Rücken."

Deborah holte tief Luft und rammte ihm das Brecheisen in den Magen. Als er sich vornüber krümmte und würgte, rannte sie davon, bog um Werkbänke und wich Regalen aus.

Er erholte sich rasch, rannte und kroch, bis er seine Hand ausstreckte und über ihrem Knöchel abrutschte. Fluchend trat sie nach ihm, in dem Bewusstsein, dass sie jeden Moment eine Kugel in ihrem Rücken spüren konnte. Sie kletterte einen ansteigenden Stapel Balken hoch, dachte, wenn sie sich in Sicherheit brachte, konnte er sie nicht als Schild benützen.

Sie hörte ihn hinter ihr herklettern und sie einholen, als er wieder zu Atem kam. Verzweifelt stellte sie sich vor, wie eine Eidechse zu sein, schnell und sicher, fähig, sich an Holz zu klammern. Sie konnte nicht fallen. Sie wusste nur, dass sie nicht fallen konnte. Splitter bohrten sich in ihre Finger, ohne dass sie etwas spürte.

Mit ganzer Kraft schleuderte sie das Brecheisen

nach ihm. Es traf ihn an der Schulter, entlockte ihm einen Fluch, ließ ihn stolpern. Sie hütete sich, nach hinten zu sehen, biss die Zähne zusammen und sprang von dem Stapel Balken auf eine schmale Eisenleiter. Ihre schweißfeuchten Hände glitten ab, aber sie klammerte sich fest, kletterte auf die nächste Ebene. Ihr Atem ging schnell, als sie über Stahlbühnen jagte, die mit Isolationsmaterial und Baustoffen voll geräumt waren.

Doch sie konnte nirgendwohin. Als sie das Ende erreichte, sah sie, dass sie in der Falle saß. Jerry hatte fast die Spitze der Leiter erklommen. Sie konnte nicht nach unten, hatte keine Chance, den Sprung über anderthalb Meter zu dem Metallregal zu schaffen, auf dem noch mehr Material gelagert war.

Jerry atmete hart, und an seinem Mund war Blut. Und er hatte einen Revolver in der Hand. Deborah tat einen unsicheren Schritt zurück, blickte sieben Meter in die Tiefe, wo Nemesis gegen drei Männer kämpfte. Sie konnte ihn nicht rufen. Hätte sie ihn auch nur für eine Sekunde abgelenkt, hätte es seinen Tod bedeutet.

Stattdessen drehte sie sich um und sah ihrem einstigen Freund entgegen. „Du wirst mich nicht benützen, um ihn zu kriegen."

Mit dem Handrücken wischte er sich Blut und Speichel von der Lippe. „Ich kriege ihn so oder so."

„Nein." Sie trat zurück und stieß gegen die Kette eines Flaschenzugs. „Nein", wiederholte sie und schwang die Kette mit ganzer Kraft gegen sein Gesicht.

Sie hörte das Geräusch von brechenden Knochen. Und dann seinen Schrei, einen schrecklichen Schrei, bevor sie ihr Gesicht bedeckte.

Nemesis hatte alle bis auf Montega erledigt, als er hochblickte und sie sah, weiß wie ein Geist und an der Kante eines schmalen Metallstegs schwankend. Er verschwendete keinen Blick auf den Mann, der schreiend auf den Betonboden heruntergestürzt war. Während er auf Deborah zujagte, hörte er eine Kugel an seinem Kopf vorbeipfeifen.

„Nein!" schrie sie ihm zu und vertrieb die Ohnmacht. „Er ist hinter dir." Sie sah, wie Gage nach links schwenkte und scheinbar verschwand. Montegas Augen weiteten sich vor Entsetzen.

Vorsichtig bewegte Nemesis sich entlang der Wand. Um Montegas Aufmerksamkeit von Deborah abzulenken, rief er ihn immer wieder.

„Ich bringe dich um!" Vor Angst zitternd, feuerte Montega wieder und wieder in die Wände.

„Ich habe dich bluten gesehen! Ich kann dich töten!"

Erst als er sich davon überzeugt hatte, dass Deborah heruntergeklettert war und sich sicher in einer dunklen Ecke verkrochen hatte, zeigte er sich wieder, zwei Meter von Montega entfernt. „Du hast mich schon einmal getötet." Nemesis hielt seine Waffe ruhig auf Montegas Herz gerichtet. Er brauchte nur den Abzug zu drücken, und es wäre vorbei gewesen. Vier Jahre der Hölle wären vorbei gewesen.

Doch er sah Deborah, ihr weißes, schweißbedecktes Gesicht. Langsam entspannte sich sein Finger am Abzug.

„Ich bin gekommen, um dich zu holen, Montega. Du wirst viel Zeit haben, um nachzudenken, warum. Lass die Waffe fallen."

Sprachlos gehorchte Montega und ließ sie klappernd auf den Beton fallen. Blass, aber gefasst trat Deborah vor und hob sie auf.

„Wer sind Sie?" fragte Montega. „Was sind Sie?" Ein Warnruf brach von Deborahs Lippen, als Montega eine Hand in seine Tasche schob.

Zwei Schüsse zerrissen die Luft. Noch während sie verklangen, sank Montega leblos zu Boden. Nemesis trat zu ihm. „Ich bin dein Schicksal", flüsterte er, drehte sich um und fing Deborah in seinen Armen auf.

„Er hat gesagt, dass sie dich haben und umbringen werden."

„Du hättest mir vertrauen sollen."

„Aber du warst hier", entgegnete sie. „Wieso warst du hier? Woher hast du das gewusst?"

„Das Muster. Setz dich, Deborah. Du zitterst."

„Ich glaube, ich werde in einer Minute vor Wut zittern. Du hast gewusst, dass sie heute Nacht hier sein würden."

„Ja. Setz dich. Ich hole dir Wasser."

„Hör auf!" Sie packte ihn mit beiden Händen am Hemd. „Du hast es gewusst, und du hast mir nichts gesagt. Du hast über Stuart und Jerry Bescheid gewusst."

„Nicht über Jerry. Bis ich hörte, was er dir erzählte, war ich auf Fields ausgerichtet."

„Warum bist du dann hier?"

„Ich habe vor ein paar Tagen das Muster geknackt. Jede Übergabe fand in einem Gebäude statt, das Stuart gehört. Und jede Übergabe ging mindestens zwei Wochen nach der letzten in einem anderen Teil der Stadt über die Bühne. So habe ich dieses Lagerhaus hier aufgespürt. Und ich habe es dir nicht gesagt", fuhr er fort, „weil ich genau das vermeiden wollte, was heute Nacht hier passiert ist. Verdammt, wenn ich mich um dich sorge, kann ich mich nicht konzentrieren."

Sie streckte die Hand aus. „Siehst du diesen Ring? Du hast ihn mir erst vor wenigen Stunden gegeben. Ich trage ihn, weil ich dich liebe und weil ich mir beibringe, dich zu akzeptieren, deine Gefühle und deine Wünsche. Wenn du nicht das Gleiche für mich tun kannst, musst du ihn zurücknehmen."

Hinter seiner Maske waren seine Augen dunkel. „Es geht nicht darum, das Gleiche zu tun ..."

„Genau darum geht es. Ich habe heute Nacht einen Mann getötet." Ihre Stimme zitterte. „Ich bin hierher gekommen und war bereit, nicht nur meine Ethik, sondern auch mein Leben für dich einzutauschen. Beschütze mich nie wieder, verwöhne mich nie wieder, denke nie wieder für mich!"

„Bist du fertig?"

„Nein!" Sie lehnte sich gegen den Stuhl. „Ich weiß, du wirst nicht mit dem aufhören, was du tust. Du kannst nicht. Ich werde mir Sorgen um dich machen, aber ich werde dir nicht im Weg stehen. Und du wirst mir auch nicht im Weg stehen."

Er nickte. „Ist das alles?"

„Für den Moment."

„Du hast Recht."

Sie blickte ihn überrascht an. „Würdest du das noch einmal sagen?"

„Du hast Recht. Ich habe dir etwas verschwiegen, und anstatt dich zu schützen, habe ich dich dadurch in noch größere Gefahr gebracht. Das tut mir Leid. Und nachdem ich das zugegeben habe, solltest du wissen, dass ich ihn nicht töten wollte." Er blickte auf Montega hinunter. „Ich wollte es für einen Moment. Aber hätte er sich ergeben, hätte ich ihn der Polizei übergeben."

Sie erkannte die Wahrheit in seinen Augen. „Warum?"

„Weil ich dich sah und wusste, ich könnte dir vertrauen, dass du für Gerechtigkeit sorgen wirst." Er streckte die Hand aus. „Deborah, ich brauche einen Partner."

Sie lächelte, während ihre Augen sich mit Tränen füllten. „Ich auch." Anstatt seine Hand zu ergreifen, warf sie sich in seine Arme. „Nichts wird uns aufhalten", murmelte sie. In der Ferne hörte sie erste Sirenen. „Frank bringt die Kavallerie." Sie küsste ihn. „Ich erkläre dir später alles. Daheim. Du solltest jetzt gehen." Seufzend trat sie zurück. „Um das alles zu erklären, wird ein guter Jurist benötigt."

Bei dem Geräusch herannahender Schritte wich er zurück und verschmolz mit der Wand hinter ihr. „Ich bleibe bei dir."

Sie lächelte. „Ich verlasse mich darauf."

- Ende -

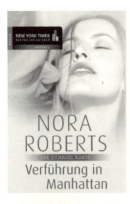

Nora Roberts
Die Stanislaskis 2
Verführung in Manhattan

Band-Nr. 25125
6,95 € (D)
ISBN 3-89941-164-1

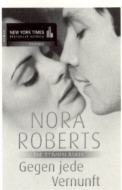

Nora Roberts
Die Stanislaskis 3
Gegen jede Vernunft

Band-Nr. 25132
6,95 € (D)
ISBN 3-89941-171-4

Vorschau
Dieser Roman erscheint
im Juli 2005

Nora Roberts
Die Stanislaskis 4
Heißkalte Sehnsucht

Band-Nr. 25144
6,95 € (D)
ISBN 3-89941-183-8

Band-Nr. 25137
6,95 € (D)
ISBN 3-89941-176-5

Carly Phillips

Verliebt, skandalös und sexy

Drei unerhörte Liebesromane: sinnlich, sexy, skandalös – und einfach Carly Phillips!

Einfach verliebt
Woher weiß Kane McDermott, was Kayla mag, welches Restaurant sie gut findet und worauf sie ansonsten steht? Entweder er ist ein Mann mit ungewöhnlicher Intuition. Oder er hat heimlich recherchiert ...

Einfach skandalös
Logan Montgomery, der angehende Politiker, hat aufrichtige Absichten? Davon soll er Catherine erstmal überzeugen. Aber sie muss zugeben, dass die Nacht mit ihm in seinem Strandhaus ein Schritt in die richtige Richtung war ...

Einfach sexy
New York, New York! Wenn Grace es hier schafft, schafft sie es überall! Aber manche Dinge gehen mit einem Mann einfach besser ...

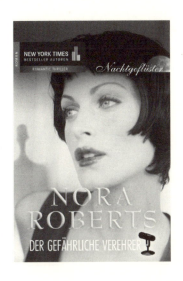

Nora Roberts

Nachtgeflüster 1
Der gefährliche Verehrer

Radio DJ Cilla O'Roarke sollte beruhigt sein: Boyd Fletcher will den unheimlichen Anrufer finden, der sie Nacht für Nacht terrorisiert. Doch dafür ist ihr Herz in Boyds Nähe in Gefahr ...

Band-Nr. 25126
6,95 € (D)
ISBN 3-89941-165-X

Nora Roberts

Nachtgeflüster 3
Die tödliche Bedrohung

Und wieder ein Flüstern in der Nacht: geheimnisvoll, gefährlich, sinnlich und voller Leidenschaft ...

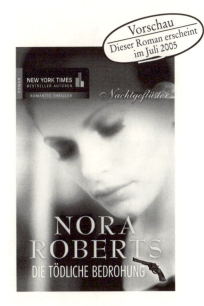

Vorschau — Dieser Roman erscheint im Juli 2005

Band-Nr. 25146
6,95 € (D)
ISBN 3-89941-185-4

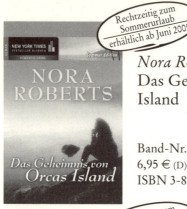

Nora Roberts
Das Geheimnis von Orcas Island

Band-Nr. 25134
6,95 € (D)
ISBN 3-89941-173-0

Tess Gerritsen
Verrat in Paris

Band-Nr. 25135
6,95 € (D)
ISBN 3-89941-174-9

Sandra Brown
Unbestechliche Herzen

Band-Nr. 25136
6,95 € (D)
ISBN 3-89941-175-7